KB034619

문학과지성 시인선 **13**

뒹구는 돌은
언제 잠 깨는가

이성복 시집

문학과지성사

문학과지성사에서 펴낸 이성복의 시집

남해 금산(1986; 1994; 2019)
그 여름의 끝(1990; 1994; 2019)
호랑가시나무의 기억(1993; 2019)
정든 유곽에서(1996, 시선집)
아, 입이 없는 것들(2003)
달의 이마에는 물결무늬 자국(2012, 시인선 R)
래여애반다라(2013)

문학과지성 시인선 13

뒹구는 돌은 언제 잠 깨는가

초판 1쇄 발행 1980년 10월 30일
초판 53쇄 발행 2017년 9월 14일
재판 1쇄 발행 2019년 11월 22일
재판 5쇄 발행 2024년 11월 12일

지 은 이 이성복
펴 낸 이 이광호
펴 낸 곳 ㈜문학과지성사
등록번호 제1993-000098호
주   소 04034 서울 마포구 잔다리로7길 18(서교동 377-20)
전   화 02)338-7224
팩   스 02)323-4180(편집) 02)338-7221(영업)
전자우편 moonji@moonji.com
홈페이지 www.moonji.com

ⓒ 이성복, 1980. Printed in Seoul, Korea

ISBN 978-89-320-0103-6 02810

문학과지성 시인선 13

뒹구는 돌은 언제 잠 깨는가

이성복

자서

대개 78년, 79년에 쓴 것들을 묶었다.
시집이 나오기까지 애써주신 분들에게
조그만 기쁨이라도 되었으면 좋겠다.

이맘때 나는 어두워가는 들판에서,
문득 뒤를 돌아보는 망아지처럼……

1980년 9월
이성복

뒹구는 돌은 언제 잠 깨는가

차례

시인의 말

해설

일러두기

시의 제목과 본문에 쓰인 한자 표기는 대부분 한글로 옮겼으며, 필요한 경우 병기하였다.(2019년 11월 현재)

1959년

그해 겨울이 지나고 여름이 시작되어도
봄은 오지 않았다 복숭아나무는
채 꽃 피기 전에 아주 작은 열매를 맺고
불임不姙의 살구나무는 시들어갔다
소년들의 성기에는 까닭 없이 고름이 흐르고
의사들은 아프리카까지 이민을 떠났다 우리는
유학 가는 친구들에게 술 한잔 얻어먹거나
이차대전 때 남양南洋으로 징용 간 삼촌에게서
뜻밖의 편지를 받기도 했다 그러나 어떤
놀라움도 우리를 무기력과 불감증으로부터
불러내지 못했고 다만, 그 전해에 비해
약간 더 화려하게 절망적인 우리의 습관을
수식했을 뿐, 아무것도 추억되지 않았다
어머니는 살아 있고 여동생은 발랄하지만
그들의 기쁨은 소리 없이 내 구둣발에 짓이겨
지거나 이미 파리채 밑에 으깨어져 있었고
춘화春畵를 볼 때마다 부패한 채 떠올라 왔다
그해 겨울이 지나고 여름이 시작되어도
우리는 봄이 아닌 윤리와 사이비 학설과

싸우고 있었다 오지 않는 봄이어야 했기에
우리는 보이지 않는 감옥으로 자진해 갔다

정든 유곽에서

1

누이가 듣는 음악 속으로 늦게 들어오는
남자가 보였다 나는 그게 싫었다 내 음악은
죽음 이상으로 침침해서 발이 빠져나가지
못하도록 잡초 돋아나는데, 그 남자는
누구일까 누이의 연애는 아름다워도 될까
의심하는 가운데 잠이 들었다

목단牧丹이 시드는 가운데 지하의 잠, 한반도가
소심한 물살에 시달리다가 흘러들었다 벌목伐木
당한 여자의 반복되는 임종, 병病을 돌보던
청춘이 그때마다 나를 흔들어 깨워도 가난한
몸은 고결하였고 그래서 죽은 체했다
잠자는 동안 내 조국의 신체를 지키는 자는 누구인가
일본日本인가, 일식日蝕인가 나의 헤픈 입에서
욕이 나왔다 누이의 연애는 아름다워도 될까
파리가 잉잉거리는 하숙집의 아침에

2

엘리, 엘리 죽지 말고 내 목마른 나신裸身에 못 박혀요
얼마든지 죽을 수 있어요 몸은 하나지만
참한 죽음 하나 당신이 가꾸어 꽃을
보여주세요 엘리, 엘리 당신이 승천하면
나는 죽음으로 월경越境할 뿐 더럽힌 몸으로 죽어서도
시집가는 당신의 딸, 당신의 어머니

3

그리고 나의 별이 무겁게 숨 쉬는 소리를
들을 수 있다 혈관 마디마다 더욱
붉어지는 신음呻吟, 어두운 살의 하늘을
날으는 방패연, 눈을 감고 쳐다보는
까마득한 별

그리고 나의 별이 파닥거리는 까닭을

말할 수 있다 봄밤의 노곤한 무르팍에
머리를 눕히고 달콤한 노래 부를 때,

전쟁과 굶주림이 아주 멀리 있을 때
유순한 혁명처럼 깃발 날리며
새벽까지 행진하는 나의 별

그리고 별은 나의 조국에서만 별이라
불릴 것이다 별이라 불리기에 후세(後世)
찬란할 것이다 백설탕과 식빵처럼
구미를 바꾸고도 광대뼈에 반짝이는
나의 별, 우리 한족(韓族)의 별

봄밤

잎이 나기 전에 꽃을 내뱉는 살구나무,
중얼거리며 좁은 뜰을 빠져나가고
노곤한 담벼락을 슬픔이 윽박지르면
꿈도, 방향도 없이 서까래가 넘어지고
보이지 않는 칼에 네 종아리가 잘려나가고
가까이 입을 다문 채 컹컹 짖는 중년 남자들
네 발목, 손목에 가래가 고인다, 벌써 어두워!

봄밤엔 어릴 때 던져 올린 사금파리가
네 얼굴에 박힌다
봄밤엔 별을 보지 않아도 돼,
네 얼굴이 더욱 빛나 아프잖아?
봄밤엔 잠자면서 오줌을 누어야 해
겨우내 밀린 오줌을, 꼭, 그러나
이마는 물처럼 흐르고
미끄러운 유리 입술,

벽은 뚫고 나가기엔 너무 두껍고
누군가 새어들 만큼 얇아
아무래도 네 영혼은 누, 눈 감고 아, 아, 아옹하기

또 비가 오고

또 비가 오고 잠 없는 육신은 집을 나선다
또 비가 오고 죽은 물고기는 하늘에서 떨어진다
또 실성한 봄은 여물지 않은 복숭아 속에서 중얼거리고
날벌레들이 서로 몸을 더듬는다
또 우는 아이의 턱이 목에서 빠져나가고
슬픔이 괴로움을 만나 흐린 물이 된다

부패와 분노가 만나 불이 되고
사내와 계집이 만나 땀이 되어도
못 만난 것들은 뿔뿔이 강을 따라간다
한 번 죽은 누이는 거듭 죽는다

빨리 오너라 비 오는 밤 통금通禁을 깨고
빨리 오너라 후금後金의 아내여 와서
톱밥과 발톱을 섞어 떡을 만들라
앉은뱅이와 꼽추를 불러 동요를 부르게 하라
늙은 왕과 송충이를 교미시켜 병든 아들을 얻게 하라
빨리 오너라 비 오는 밤 횃대에 올라 순한 닭들과 더불
어 노래하라

루트 기호 속에서

바퀴벌레들이 동요하고 있어 꿈이 떠내려가고 있어
가라앉는 산, 길이 벌떡 일어섰어 구름은 땅 밑에서
빨리 흐르고 어릴 때 돌로 쳐 죽인 뱀이 나를
감고 있어 깨벌레가 뜯어 먹는 뺨, 썩은 나무를
감는 덩굴손, 죽음은 꼬리를 흔들며 반기고 있어
《닭아, 이틀만 나를 다시 품에 안아줘
《아들아, 이틀만 나를 데리고 놀아줘
《가슴아, 이틀만 뛰지 말아줘
밥상 위, 튀긴 물고기가 퍼덕인다 밥상 위, 미나리와
쑥갓이 꽃 핀다 전에 훔쳐 먹은 노란 사과 하나
몸속에 굴러다닌다 불을 끄고 숨을 멈춰도 달아날
데가 없어
《엄마, 배불리 먹고 나니 눈물이 눈을 몰아내네
《엄마, 내 가려운 몸을 구워줘, 두려워
《엄마, 낙오落伍된 엄마, 내 발자국을 지워줘
얼마나 걸었을까 엄마의 입술이 은행나무 가지에
걸려 있었어 겁 많은 강이 거슬러 올라가다
불길이 되었어 시계가 깨어지고 말갈족과 흉노족
들이

햇불로 몸 지지며 춤추고 있었어 성기 끝에서

번개가 빠져나가고 떨어진 어둠은 엄청나게 무거웠어

너는 네가 무엇을 흔드는지 모르고

너는 네가 무엇을 흔드는지 모르고
너는 그러나 머물러 흔들려본 적 없고
돌이켜보면 피가 되는 말
상처와 낙인을 찾아 고이는 말
지은 죄에서 지을 죄로 너는 끌려가고
또 구름을 생각하면 비로 떨어져
썩은 웅덩이에 고이고, 베어 먹어도
베어 먹어도 자라나는 너의 죽음
너의 후광後光, 너는 썩어 시詩가 될 테지만

또 네 몸은 울리고 네가 밟은 땅은 갈라진다
날으는 물고기와 용암처럼 가슴속을
떠돌아다니는 새들, 한바다에서 서로
몸을 뜯어 먹는 친척들(슬픔은
기쁨을 잘도 낚아채더라)
또 한 모금의 공기와 한 모금의 물을 들이켜고
너는 네가 되고 네 무덤이 되고

이제 가라, 가서 오래 물을 보고

네 입에서 물이 흘러나오거나

오래 물을 보고 네 가슴이 헤엄치도록

이제 가라, 불온한 도랑을 따라

예감을 만들며 흔적을 지우며

구화

1

앵도를 먹고 무서운 애를 낳았으면 좋겠어
걸어가는 시詩가 되었으면 물구나무 서는
오리가 되었으면 구토하는 발가락이 되었으면
발톱 있는 감자가 되었으면 상냥한 공장이
되었으면 날아가는 맷돌이 되었으면 좋겠어
죽고 싶어도 짓궂은 배가 고프고
끌려다니며 잠드는 그림자, 이맘때 먼먼 저 별에 술 한잔
따르고 싶더라 내 그리움으로
별아, 네 미끄럼틀을 만들었으면 좋겠어

2

나는 아침 이슬 이씨李氏 노을에 걸린 참새가
내 엄마 나는 껍질 벗긴 소나무 진물
흘리며 꿈꾸고 있어 한없이 풀밭 위를

달리는 몸뚱이 체위를 바꾸고 싶어 정교회의
돔을 세우고 싶어 체위를 바꾸고 싶어
느낌표와 송곳이 따라와 노래의 그물에
잡히기 전에 어디 숨고 싶어 체위를 바꾸고
싶어 돋아나는 뾰루지 속에 병든 말이
울고 있어 병든 말을 끌어안고 임신할까 봐
지금은 다만 체위를 바꾸고 싶어

3

모든 게 신비였다 길에서 오줌 누는 여자아이와
꼽추 남자와 전자시계 모든 게 신비였다 채찍 맞은
말이 길게 울었다 모든 게 신비였다 사람이 사람을
괴롭히고, 그러나 죽지 않을 만큼 짓이겼다
모든 게 신비였다 사랑의 힘 죽음의 힘 죽은 꽃의 힘
모든 게 신비였다
삼백육십오 일 낙타는 타박거렸다
얼마나 멀리 가야 하나 얼마나 가까이 있어야 하는가

4

그날 아침 내게는 돈이 있었고 햇빛도
아버지도 있었는데 그날 아침 버드나무는
늘어진 팔로 무언가를 움켜잡지 못하고
그 밤이 토해낸 아침 나는 울고 있었다
그날 아침 거미줄을 타고 대형 트럭이
달려오고 큰 새들이 작은 새의 눈알을
찍어 먹었다 그날 아침 언덕은 다른 언덕을
뛰어넘고 다른 언덕은 또 다른 언덕을 뛰어넘고
병든 말이 앞발을 모아 번쩍, 들었다 그날
아침 배고픈 강이 지평선을 핥고 내 울음은
동전처럼 떨어졌다

5

먼 나라여

지도가 감춘 나라여 덧없음의 없음이여
뒤집어진 차바퀴가 헛되이, 구르는 힘이여
먼 나라여
오래 보면 먼지 나는 길에도 물결이 일고
길 가던 사람이 풀빛으로 변하는, 먼 나라여

6

여섯 살도 채 안 되어 개구리헤엄을 배웠어
자꾸만 물속으로 가라앉았지 깨진 유리병이
웃고 있었어 그래 나는 엄마를 불렀고
물결이 나를 넘어뜨렸지 내 이름을 삼켰어
배꼽이 우렁이처럼 열리고 내 팔을 깨물었어
피리 소리가…… 밀밭에선 죽은 개가 울고
여러 번 낫질해도 안 쓰러지던 그림자 나는
우주보다 넓은 방에 갇혀 있었지 간혹
비행기가 삐라를 뿌렸어 양귀비꽃이 식도를
거슬러 올라왔어 입과 항문 사이 사랑은

교류交流로 흐르고 미치기 위해 나는 굶었지
순박한 사람들이 날으는 나를 돌로 후려치고
그래 나는 돌과 함께 떨어졌고 그래 나는
기차에 뛰어올랐지 그래, 나는 고향을 떠났어

출애굽

1

오늘 다 외로워하면
내일 씹을 괴로움이 안 남고
내일 마실 그리움이 안 남는다
오늘은 집에 돌아가자 세 편의 영화를 보고
두 명의 주인공이 살해되는 꼴을 보았으니
운 좋게 살아남은 그 녀석을 너라 생각하고
집에 돌아가자, 살아 있으니
수줍어 말고 되돌아 취하지 말고 돌아가자
돌아가 싱싱한 떡잎으로 자라나서
훨훨 날아올라 충격도, 마약도 없이
꿈속에서 한 편 영화가 되어 펼쳐지자

2

내가 떠나기 전에 길은 제 길을 밟고
사라져버리고, 길은 마른오징어처럼

퍼져 있고 돌이켜 술을 마시면
먼저 취해 길바닥에 드러눕는 애인,
나는 퀭한 지하도에서 뜬눈을 새우다가
헛소리하며 찾아오는 동방박사들을
죽일까 봐 겁이 난다

이제 집이 없는 사람은 천국에 셋방을 얻어야 하고
　사랑받지 못하는 사람은 아직 욕정에 떠는 늙은 자궁
으로 돌아가야 하고
　분노에 떠는 손에 닿으면 문둥이와 앉은뱅이까지 낫는
단다, 주主여

이동

초식 민족 사내들의 이동, 아이들은
공터에서 놀게 내버려두고, 여자들은
양장점과 미장원과 부엌에 가둬놓고
외몽고 군사들은 우리를 번호로 불러냈다
53번 닭의 내장 속으로, 54번 텍스
속으로, 55번 창槍끝으로 당장 떠나라
이 땅은 어제 재벌급 인사가 매점했다
네가 오른발 내린 곳은 영화배우의 땅
네가 오줌 갈긴 곳은 권투 선수 정부情婦의 동생의 땅
밤새 귀뚜라미가 울던 곳은 예술원 회원의 땅
네 그림자는 두고 가라, 자유로운 잡초들에게
잡념도 던져주어라, 거수경례하라
정욕의 재를 날리며 꼬리표 달고 출근하는
바람에게, 풀 먹인 날개를 자랑하며
식민지의 수도를 사열하는 새들에게
잘 가꾸어진 가로수는 말발굽 울리며 앞서
간다, 초식 민족 사내들의 이동
주간지 겉장의 딸아이들은 키스를 던지며
환송하지만, 약속된 불빛이 안 보인다

소풍

고통이라 불리는 도시의 근교에서 나는 한 발을 들고
소변보는 개들을 보았다 진짜 헬리콥터와 자동차 공
장과
진짜 어리석음을 보았다 고통이라 불리는 도시의
근교에서 기차를 타고 가며 나는 보았다 장바구니를 든
임신부와 총을 멘 흑인 병사를
                              기차놀이 기차
                놀이 생生은 기차놀이
나는 보았다 벌거벗고 춤추는 사내들과 구슬 치는
튀기 아이와 섬세한 텔레비 안테나를
                              욕정인가 욕정인가
                때로 지붕을 뚫고 솟는 이것은
고통이라 불리는 도시의 근교에서 나는 영화를 보고
핫도그를 사 먹고 휘파람 불며 왜, 어디론가 갔다
소돔이여, 두꺼워가는 발바닥이여, 움직이는 성채여

2

나의 대부代父 하늘이여 오늘 나는 네바 강에 갔었다
나는 보았다 가도 가도 끝없는 상점과 인형 같은
여자들, 돈 내고 한번 안아보고 싶었다 나의 대부
하늘이여 오늘 나는 지나가는 아이들 머리칼 속에
꽃씨를 뿌렸다 언젠가, 언젠가 꽃들이 내 이름을
부르며 사방에서 걸어오리라 나의 대부 하늘이여
오늘 나는 가파른 담장과 외제 승용차와 아파트
수위들에게 최면을 걸었다 최면에 걸린 네바 강은
아름다웠다 골목마다 뜬소문이 자라고 싱싱한 꽃들은
썩은 냄새를 풍겼다 최면에 걸린 네바 강은 아름다웠다
잘 빚은 애인들의 눈찌검, 쏭알거림, 입술 빠는
소리(불쌍한 내 겨드랑이, 간지러워라) 나의
대부 하늘이여 나는 삯마차를 집어타고 해장국 집에
들어갔다 선지 같은 기억들을 씹었다, 뱉었다 그리고
지붕을 타고 도망쳐야 했다 달아나면서 꿈꾸며 다리
앞에서 검문당하고 나는 돌아왔지만 내 꿈은 돌아오지
못하고……

자연

1

내가 자연! 하고 처음 불렀을 때 먼 데서
무슨 둔한 소리가 들렸다 하늘 전체가 종鍾이야
내가 자연! 하고 더 작게 불렀을 때
나무들이 팔을 벌리고 내려왔다 네가 산이야
내가 자연! 하고 마지막으로 불렀을 때
샘물이 흘러 발을 적셨다 나는 바싹 땅에
엎디어 남은 말들을, 조용히, 게워냈다

2

안개 속에서, 그의 목소리는 들리지 않고
그의 입모양도 지워지고 손짓만이…… 떨리는
손가락, 할 수 없다는 듯이 그는 돌아서
무언가를 밀어젖혔고 그건 문門이었고 아름드리
전나무가 천천히, 쓰러져갔다 굴러 떨어지며
그가 일으키는, 나는, 물결이었다

물의 나라에서

1

물속에 잠든 풀잎
한번 발 내리며
영원히 무너지는
물방울
작은 물이 큰 물
만나는 감격
잠깐 번지는
감격
흐르는 물과 내리는 물의
서로 몸 바꾸기

그대가 물의 발이라면 나는 물의 발가락
그대가 물의 종鍾이라면 물의 분자와 분자 사이를
혜집고 밀치며 살 부비는 나는 물의 종소리
그대가 물의 입이라면 벌어진 물의 입이라면
　나는 하늘에 땅을 잇는 물의 울음 오, 그대가 물의 일
그러진 입이라면

2

풀잎 위에 구르는 물방울
풀줄기를 흔드는 물방울
풀밭을 흔드는 물방울
풀밭을 누르는 물방울

　　　맨발로 지우면 맨발에
　　　맺히는 물방울
　　　눈 감으면 마음에
　　　구르는 물방울
　　　마음 기울면
　　　흘러내리는 물방울

제 옆의 물방울에 어리는
다른 물방울의 얼굴
제 옆의 물방울에 걸리는

다른 물방울의 목소리

맨발로 지우면
날개 없는 방아깨비
뛰는 연습을 하고
맨발로 지우면
네 눈은 팍,
흩어져 흐르고

3

누가 물 위를 지나가면
물의 목소리
누가 풀잎 흔들면
풀빛 마음 흔들려
누가 거기 있어?
눈초리, 목마른 눈초리

누가 누구를 흔든다
······안개······
누가 나를 흔든다
풀잎 사이

      물방울,

떠 있는

돌아오지 않는 강

1

풀밭에서 잠들었어 내 몸이 물새알처럼 부서지고 날개 없는

꿈이 기어 나왔어 아득히 흐린 하늘을 기어 올라갔어 물새의

발자국을 남기며 풀밭에서 눈 떴어 눈 없는 강이 흘러 왔어

건넛마을이 따라갔어 칭얼대며 피마자와 옥수수가 자라나고

플라스틱 칼이 내 몸에 박혔어 나를 버리고 물이 되었어

겨울을 생각하며 얼음이 되었어 그 다음엔 녹기만 하면 돼

깊이 가라앉아 몸 흔들면 돼, 순대처럼 토막토막 끊어 져도

소리 안 지르는 쾌감, 기억 속에는 늙은 종지기만 남겨 두는 일

2

강가에 누워 있었어 아낙네들 무밭을 매고 무꽃은 하
늘로
올라갔어 똑바로 누워 그림자를 감추었어 땀이 햇볕
보다
먼저 흘러도 욕정은 끼룩끼룩 울며 다녔어 손 헹구고
마음
속에서 물새알을 꺼냈어 단단한 물새알 멀리 던져도
깨지지
않았어 떠도는 비누 거품 떠도는…… 벌겋게 녹슨 자
갈 채취선으로
트럭이 다가왔어 엉겁결에 트럭은 떠났어 강가에 누워
있었어
미루나무 흔들릴 때마다 하늘은 뒤뚱거렸어 (신기해,
신기해
저 강을 건너고도 죽음에 닿는 것은) 강가에 누워 있었어
목에 힘 빼고 물고기 화석이 되어갔어

3

그대 한없이 어두운 강가를 돌아왔어도 그대 병 이름
은 알아내지
    못했네 그대 상처 밑에는 한 점 불빛도 보이지 않고 죽
은 물고기는
    몸속을 기웃거렸네 그대 제대로 움직이지 않는 입술
사이로
    시詩는 물거품처럼 번지고 고통은 길가에서 팔리고 있
었지 내일은
    주일이야 그대 아현동 정교회의 희랍 사제를 기억하는
지 내일은
    주일이야 하품과 영광을 위해 돼지 떼 속으로 다시 들
어가진
    않을는지 그대 툇마루는 아직 어지럽고 어머니는 노환
을 사랑하고
    있어 그대 음료수를 마셔두게 별과 분뇨糞尿가 또 한
번 그대 피안으로
    흐르게 하게

여름산

여름산은 솟아오른다
열기와 금속의 투명한 옷자락을 끌어 올리며
솟아오른다 발등에 못 안 박힌 것들은 다 솟아오른다
저기
비행기가 수술톱처럼 하늘을 끊어낸다 은빛 날개가 곤
두선다

그 여자는 불란서에 가겠다고 이번 여름엔 꼭
다녀와야겠다고 그 여자는 잠자는 벌레를 밟았다 모
르고
밟았다 부서지면서 물 같은 피가 솟아올랐다 내가 거
듭 밟았다
그 여자는 불란서에 가겠다고

나는 속으로 욕했다
따지고 보면 욕할 이유가 없었다
당신은 남의 가난이 얼마큼 당신과 관계 있다고 생각
합니까
그 여자는 내가 가난한 사람이 아니라고 말했다

당신은 백 사람 중에 하나가 병들어 아프면 당신도 아프다고 생각합니까

그 여자는 부질없는 말이라고 대답했다

여름산은 솟아오른다

여름산은 땀 흘리지 않는다 힘쓰지 않는다

여름산 여름산 여름산 우리는 그늘에서 콜라를 마셨다

콜라를 마시며 불란서를 생각하고 울었다 우는 시늉을 했다

우리는, 시멘트 포를 등에 지고 사다리 오르는 여인들을 생각하며 울었다

우는 흉내를 냈다 우리는, 바빌론에 묶여 있는 이스라엘 사람들을 생각하며 울었다 우는 척했다

여름산은 솟아오른다

한숨 쉬지 않고 솟아오른다 반짝임과 몽롱함을 뿌리며 솟아오른다

우리는 손을 잡았다 잡힌 손에서 물 같은 피가 흘렀다 살려줘요!

여름산은 무겁게 솟아오른다
솟아오르지 않는다 솟아오르는 모습만 보여준다
여름산 여름산 여름산 먼지, 매연, 악취로 부서지는
여름산 여름산
여름산

편지

1

그 여자에게 편지를 쓴다 매일 쓴다
우체부가 가져가지 않는다 내 동생이 보고
구겨버린다 이웃 사람이 모르고 밟아버린다
그래도 매일 편지를 쓴다 길 가다 보면
남의 집 담벼락에 붙어 있다 버드나무 가지
사이에 끼여 있다 아이들이 비행기를 접어
날린다 그래도 매일 편지를 쓴다 우체부가
가져가지 않는다 가져갈 때도 있다 한잔 먹다가
꺼내서 낭독한다 그리운 당신…… 빌어먹을,
오늘 나는 결정적으로 편지를 쓴다

2

안녕
오늘 안으로 나는 기억을 버릴 거요
오늘 안으로 당신을 만나야 해요 왜 그런지

알아요? 내가 뭘 할 수 있다고 믿기 때문이요
나는 선생이 될 거요 될 거라고 믿어요 사실, 나는
아무것도 가르칠 게 없소 내가 가르치면 세상이
속아요 창피하오 그리고 건강하지 못하오 결혼할 수
없소
결혼할 거라고 믿어요

안녕
오늘 안으로
당신을 만나야 해요
편지 전해줄 방법이 없소

잘 있지 말아요
그리운……

라라를 위하여

1

지금, 나뭇잎 하나 반쯤 뒤집어지다 바로 눕는 지금에서
언젠가로 돌아누우며
지금, 물이었던 피가 물로 돌아가길 기다리는 지금 내
게로
들어와 나를 벗으며
지금, 나 몰래 내 손톱을 밀고 있는 그대
손톱 끝에서 밀리는 공기의 저쪽 끝에서도 밀리는

그대, 내 목마름이거나 서글픔
가늘게 오르다가 얇게 깔리며 무섭게 타오르는 그대
나는 듣는다, 그대 벗은 어깨를 타고 흘러 떨어지는 빛
다발의 환호歡呼

잔뜩 물오른 그대 속삭임

2

어디서 그대는 아름다운 깃털을 얻어 오는가
초록을 생각하면 초록이 몸에 감기는가
분홍을 생각하면 분홍이 몸에 감기는가
무엇이 그대 모가지를 감싸 안으며 멋진 마후라가 되
는가

날 때부터 이쁜 마음을 몸에 두른 그대는 행복하여라
행복한 부리로 아스팔트를 쪼며 행복한 발바닥으로 제
똥을 뭉개는 그대는

금촌 가는 길

1

집에 적敵이 들어올 것 같았다
(집은 지하실, 집은 개구멍)
흰피톨 같은 아이들이 소리 없이 모였다
귀를 쫑긋 세우고 아버지는 문틈을 내다보았다

밥이 타고 있었다
적은 집이었다

2

지주地主는 나이가 어렸다
다투어 사람들이 땅을 나누었다
아버지는 땅을 고르고 물을 뿌렸다
아버지는 신발을 벗어부쳤다
아버지의 발목이 흙에 묻혔다 다시 떠올랐다
깨꽃이 웃고 개가 짖었다

아버지의 발목이 깊이 묻혔다
아버지의 얼굴이 푸른 잎사귀처럼 흔들렸다
……어떤 꽃을 보여주시겠어요, 아버지

3

되새김위까지 다 비워도 남는
투명한 괴로움
병든 개
그리운 나라
색깔을 흘리며 잠자리가 지나가고
얼룩지는 명절 옷

어머니, 제가 너무 크게 부르면
안 나타나는 짐승
어머니, 저의 몸은 잘 흐르다 고인 물
저의 잠은 허허벌판 추운 잠
어머니

4

고향을 벗어나면서도 더럽힌 바람과 구름을 만나며
추수 끝난 논밭을 길게 찢으며
울타리 없는 마을에 또 하나의 별을 허락하며

그대 올 때는 내 뒤로 오라
두려워라 그대 그림자, 비루먹은 날들

그대 올 때는 목소리로 오라
두려워라 그대 그림자, 태울 수 없는

5

어떻게 깨어나야 푸른 잎사귀가 될 수 있을까
기어이 흔들리려고 나는 전신이 아팠다

어디서 깨어나야 그대 내 잎사귀를 흔들어줄까
그대 손 잡으면 그대 얼굴이 지워지고

가슴으로 걷는 길
얼음장 밑 환한 집들

6

그대 뿔 없는 괴로움으로 연거푸
내 가슴을 박으며
보여주었지, 꺼져가는 불빛과 마른
진흙의 입맞춤

그대 뿔 없는 괴로움으로 연거푸
무엇을 박는지 모르고
깨고 나면 나는 늘 비켜 있었지

그대 눈 가리고 이제 날 찾아오면

부딪게 할 테야 내 눈빛으로 그대 실어
저 투명한 벽에, 여러 번 저 벽에

부딪고 부딪고도 무너지지 못해
한없이 내 귀청을 두드리다
어두운 나라 등에 업고 먼 길 갈 때
내 또 한 번 그대의 길을 발길질할 테야

7

아주 낮은 음악으로 대추나무가 흔들리고
갈라진 흙벽에서
아이 울음소리

길게 부는 바람 한 가닥 끌어안고
내 지금 가면
땡삐가 나를 쏘리라

아프지 않을 때까지

잎 없는 나를 열어놓고

땡삐 집이 되리라

꽃 피는 아버지

1

아버지
만나러 금촌 가는 길에
쓰러진 나무 하나를 보았다 흙을
파고 세우고 묻어주었는데 뒤돌아보니
또 쓰러져 있다
저놈은 작부처럼 잠만 자나?
아랫도리 하나로 빌어먹다 보니
자꾸 눕고 싶어지는가 보다
나도 자꾸 눕고 싶어졌다
나는 내 잠 속에 나무 하나
눕히고 금촌으로 갔다
아버지는
벌써 파주로 떠났다 한다
조금만 일찍 와도 만났을 텐데
나무가 웃으며 말했다 고향 땅앙이 여어기이서
몇 리이나 되나 몇 리나 되나 몇리나되나……
학교 갔다 오는 아이들이 노래 불렀다

내 고향은 파주가 아니야 경북 상주야
나무는 웃고만 있었다
그날 밤
아버지는 쓰러진 나무처럼
집에 돌아왔다 내 머리를 쓰다듬으며
아버지가 말했다
너는 내가 떨어뜨린 가랑잎이야

2

언덕배기 손바닥만 한 땅에 아버지는
고추나무를 심었다
밤 깊으면 공사장 인부들이
고추를 따갔다

아버지의 고함 소리는 고추나무 키 위에
머뭇거렸다
모기와 하루살이 같은 것들이

엉켜 붙었다

내버려두세요 아버지
얼마나 따가겠어요

보름 후 땅 주인이 찾아와, 집을 지어야겠으니
고추를 따 가라고 했다

공사장 인부들이 낄낄 웃었다

3

아무 일도 아닌 걸 가지고 아버지는 저리
화가 나실까 아버지는 목이 말랐다 물을
따라드렸다 아버지, 뭐 그런 걸 가지고
자꾸 그러세요 엄마가 말했다 얘, 내버려
둬라 본디 그런 양반인데 뭐 아버지는
돌아누워 눈썹까지 이불을 끌어당겼다

1932년 단밀보통학교 졸업식

며칠 전 장날 아버지 떡 좀 사먹어요

그냥 가자 가서 저녁 먹자

아버지이…… 또! 이젠 너 안 데리고 다닌다

네 월사금도 내야 하고 교복도 사야 하고……

아버지, 아버지는 굶었다 그해 모심기하던

날 저녁 아버지는 어지러워 밥도 못 잡숫고

그다음 날 새벽 돌아가셨습니다

아버지, 약 한 첩 못 써보고

아무도 일찍 잠들지 못했다 아버지는 꽃모종

하고 싶었지만 꽃밭이 없었다 엄마, 어디에

아버지를 옮겨 심어야 할까요 살아온 날들

물결 심하게 이는 오늘, 오늘

4

　아버지가 회사를 그만두기 며칠 전부터 벌레가 나왕 책장을 갉아 먹고

　있었다 처음엔 두 군데, 다음엔 다섯 군데 쬐그만 홈을 파고

　고운 톱밥 같은 것을 쏟아냈다 저도 먹어야 살지, 청소할 때마다

　마른 걸레로 훔쳐냈다 아버지는 회사를 그만두고 집에만 계셨다

　텔레비 앞에서 프로가 끝날 때까지 담배만 피우셨다 벌레들은

　더 많은 구멍을 파고 고운 나무 가루를 쏟아냈다 보자누가 이기나,

　구멍마다 접착제로 틀어막았다 아버지는 낮잠을 주무시다 지겨우면

　하릴없이, 자전거를 타고 수색水色에 다녀오시고 어머니가 한숨 쉬었다

　그만하세요 어머니, 이젠 연세도 많으시고…… 어머니

는 먼 산을 바라보며

　또 한 주일이 지나고 나는 보았다 전에 구멍 뚫린 나무 뒤편으로

　새 구멍이 여러 개 뚫리고 노오란 나무 가루가 무더기, 무더기

　쌓여 있었다 닦아내도, 닦아내도 노오랗게 묻어났다 숟가락을 지우며

　어머니가 말했다 창틀에 문턱에 식탁에까지 구멍이…… 약이 없다는데,

　아버지는 밥을, 소처럼, 오래오래 씹고 계셨다

어떤 싸움의 기록

그는 아버지의 다리를 잡고 개새끼 건방진 자식 하며
비틀거리며 아버지의 셔츠를 찢어발기고 아버지는 주
먹을
휘둘러 그의 얼굴을 내리쳤지만 나는 보고만 있었다
그는 또 눈알을 부라리며 이 씨발놈아 비겁한 놈아
하며
아버지의 팔을 꺾었고 아버지는 겨우 그의 모가지를
문 밖으로 밀쳐냈다 나는 보고만 있었다 그는 신발 신
은 채
마루로 다시 기어올라 술병을 치켜들고 아버지를 내리
찍으려 할 때 어머니와 큰누나와 작은누나의 비명,
나는 앞으로 걸어 나갔다 그의 땀 냄새와 술 냄새를 맡
으며
그를 똑바로 쳐다보면서 소리 질렀다 죽여버릴 테야
법도 모르는 놈 나는 개처럼 울부짖었다 죽여버릴 테야
별은 안 보이고 갸웃이 열린 문틈으로 사람들의 얼굴이
라일락꽃처럼 반짝였다 나는 또 한 번 소리 질렀다
이 동네는 법도 없는 동네냐 법도 없어 법도 그러나
나의 팔은 죄 짓기 싫어 가볍게 떨었다 근처 시장에서

바람이 비린내를 몰아왔다 문 열어두어라 되돌아올
때까지 톡, 톡 물 듣는 소리를 지우며 아버지는 말했다

가족 풍경

형은 장자長子였다 〈이 책상에 걸터앉지 마시오—장
자백白〉

형은 서른한 살 주일마다 성당에 나갔다 형은 하나님의

장자였다 성경을 읽을 때마다 나와 누이들은 형이 기
르는

약대였다 어느날 형은 아버지 보고 말했다 〈저 죽고
싶어요

하란에 가 묻히고 싶어요〉 안 될 줄 뻔히 알면서도 형은

우겼다 우겼지만 형은 제일 먼저 익은 보리싹이었다
나와

누이들은 모래바람 속에 먹이 찾아 날아다녔고 어느
날 또

형은 말했다 〈아버지 이제 다시는 제사를 지내지

않겠어요 좋아요 다시는 안 돌아와요〉 그날 나는 울
었다

어머니는 형의 와이셔츠를 잡아당기고 단추가 뚝뚝

떨어졌다 누이들, 떨어지며 빙그르르 돌던 재미 혹시

기억하시는지 그래도 형은 장자였다 아버지와 어머
니는

형의 아들딸이었고 누이들, 그대 산파産婆들 슬픈 노
래를

불렀더랬지 그래도 형은 장자였다 하란에서 멀고 먼

우리 집 매일 아침 식탁에 오르던 누이들, 말린 물고
기들

혹시 기억하시는지 형은 찢긴 와이셔츠처럼 웃고 있
었다

모래내 · 1978년

1

하늘 한곳에서 어머니는 늘 아팠다
밤 이슥하도록 전화하고 깨자마자
누이는 또 전화했다 혼인날이 멀지 않은 거다
눈 감으면 노란 꽃들이 머리끝까지 흔들리고
시간은 모래언덕처럼 흘러내렸다
아, 잤다 잠 속에서 다시 잤다
보았다, 달려드는, 눈 속으로, 트럭, 거대한

무서워요 어머니
── 애야, 나는 아프단다

2

어제는 먼지 앉은 기왓장에
하늘색을 칠하고
오늘 저녁 누이의 결혼 얘기를 듣는다

꿈속인 듯 멀리 화곡동 불빛이
흔들린다 꿈속인 듯 아득히 기적이 울고
웃음소리에 놀란 그림자 벽에 춤춘다

노새야, 노새야 빨리 오렴
어린 날의 내가 스물여덟 살의 나를 끌고 간다
산 넘고 물 건너 간다 노새야, 멀리 가야 해

3

거기서 너는 살았다 선량한 아버지와
볏짚단 같은 어머니, 티밥같이 웃는 누이와 함께
거기서 너는 살았다 기차 소리 목에 걸고
흔들리는 무꽃 꺾어 깡통에 꽂고 오래 너는 살았다
더 살 수 없는 곳에 사는 사람들을 생각하며
우연히 스치는 질문— 새는 어떻게 집을 짓는가
뒹구는 돌은 언제 잠 깨는가 풀잎도 잠을 자는가,
대답하지 못했지만 너는 거기서 살았다 붉게 물들어

담벽을 타고 오르며 동네 아이들 노래 속에 가라앉으며

그리고 어느 날 너는 집을 비워줘야 했다 트럭이

오고 세간을 싣고 여러 번 너는 뒤돌아보아야 했다

벽제

벽제. 목욕탕과 공장 굴뚝. 시외버스 정류장 앞, 중학생과 아이 업은 여자.

벽제. 가보진 않았지만 훤히 아는 곳. 우리 아버지 하루 종일 사무를 보는 곳.

벽제. 외무부에 다니던 내 친구 일찍 죽어 그곳에 갔을 때 다른 친구 하나는

화장장 사무장. 모두 깜짝 놀랐더라는 뒷얘기. 내가 첫 휴가 나왔을 때 학교에서

만난 그 녀석. 몰라보게 키가 크고 살이 붙어 물어봤더니 〈글쎄, 몸이 자꾸

좋아지는구나〉 하던 그 녀석. 무던히 꼿꼿해 시험 보면 면접에서 떨어지곤 하던

녀석. 큰누님은 시집가고 어린 동생들, 흔들리던 살림에도 공부 잘하다가,

신장염. 그날, 비 오던 날 친구들 모여 한 줌 한 줌 뼈를 뿌릴 때 〈진달래꽃 옆에

뿌려주면 좋아하지 않을까〉 친구들, 흙이 되기 전에 또 비 맞는 그 녀석 생각하고,

울음소리······ 벽제. 오늘 아침 우리 집 집수리하는 사

내 우리 아버지 벽제 피혁 공장에

　　다니신다니까 〈벽제가 우리 고향이에요. 아저씨한테
잘 말씀드려 우리 아이 취직 좀

　　시켜주세요. 가죽 공장은 힘들다던데……〉 그리운 고
향 벽제. 너무 가까우면 생각도

　　안 나는 고향. 음식점과 잡화점, 자전거포 간판이 낡은
나라. 무꽃이 노랗게

　　텃밭에 자라나고 비닐봉지 날으는 길로 개 울음소리
들려오는.

　　벽제. 이별하기 어려우면 가보지 말아야 할, 벽제. 끊어
진 다리.

세월의 집 앞에서

하늘엔 미루나무들이 숲을 이루었다.
세월의 집. 이파리를 뒤집으며 너는 놀고 있었다.
만날 수 없음. 나의 눈도 뒤집어줄려?

개울엔 물 먹은 풀들이 조금씩, 말라 비틀어졌다.
어린 시절을 힘겹게 보낸 사내들도.
무색無色의 꽃, 절름거리는 방아깨비, 모두 바람의 친
척들.

그리고 산꼭대기엔 매일 저녁
성냥개비만 한 사람이 웅크리고 있었다.
날마다. 우리의 기억 속에 밥도 안 먹고 사는
사내. 아버지일지도 모른다.

그리고 신촌에서 멋쩍고 착한 여자와의 하룻밤. (그 여
자의 애인은
해군 하사관이었다) 아침. 창을 열면 산, 푸른 어두운
보드라운
머리칼로 밀고 밀려오던 산, 아래 흰 병원 건물을 잘라

내며

　가로놓인 기차. (어떤 칸은 수북이 석탄이 실리고
　어떤 칸은 그냥 물 먹은 검은 입) 우리의 기억 속에 꼼짝
않는,
　앞머리 없는 기차. 그리고 너의 눈에 물방울처럼 미끄
러지던 세월.

　그래 그날, 술을 마시고 어떤 작자를 씹고 씹고 참을
수 없어
　남의 집 꽃밭에 먹은 것을 다 쏟아냈던 날.
　내가 부러뜨린 그 약한 꽃들은 어떻게 되었을까.

그날

그날 아버지는 일곱 시 기차를 타고 금촌으로 떠났고
여동생은 아홉 시에 학교로 갔다 그날 어머니의 낡은
다리는 퉁퉁 부어올랐고 나는 신문사로 가서 하루 종일
노닥거렸다 전방은 무사했고 세상은 완벽했다 없는
것이
없었다 그날 역전에는 대낮부터 창녀들이 서성거렸고
몇 년 후에 창녀가 될 애들은 집일을 도우거나 어린
동생을 돌보았다 그날 아버지는 미수금 회수 관계로
사장과 다투었고 여동생은 애인과 함께 음악회에 갔다
그날 퇴근길에 나는 부츠 신은 멋진 여자를 보았고
사람이 사람을 사랑하면 죽일 수도 있을 거라고 생각
했다
그날 태연한 나무들 위로 날아오르는 것은 다 새가
아니었다 나는 보았다 잔디밭 잡초 뽑는 여인들이 자기
삶까지 솎아내는 것을, 집 허무는 사내들이 자기 하늘
까지
무너뜨리는 것을 나는 보았다 새점 치는 노인과 변통
便桶의
다정함을 그날 몇 건의 교통사고로 몇 사람이

66

죽었고 그날 시내 술집과 여관은 여전히 붐볐지만
아무도 그날의 신음 소리를 듣지 못했다
모두 병들었는데 아무도 아프지 않았다

그해 여름이 끝날 무렵

그해 여름이 끝날 무렵 안개는 우리 동네 집들을
가라앉혔다 아득한 곳에서 술 취한 남자들이 누군가를
불러댔고 누구일까, 누구일까 나무들은 설익은 열매를
자꾸 떨어뜨렸다 그해 여름이 끝날 무렵 서리 맞은
친구들은 우수수 떨어지며 결혼했지만 당분간 아이
낳을
생각을 못했다 거리에는 흰 뼈가 드러난 손가락, 아직
깨꽃이 웃고 있을까 그해 여름이 끝날 무렵 불란서 문
화관
여직원은 우리에겐 불친절했지만 불란서 사람만 보면
꼬리를 쳤고 꼬리 칠 때마다 내 꼬리도 따라 흔들렸다
왜 이래, 언제 마음 편할래? 그해 여름이 끝나고
가을이 와도 아무것도 바뀌지 않았다 어머니는 고향에
내려가 땅 부치는 사람의 양식 절반을 합법적으로 강탈
했고 나는 미안했고 미안한 것만으로 나날을
편히 잠들 수 있었다 그해 가을이 깊어갈 때
젓가락만큼 자란 들국화는
내 코를 끌어당겨 죽음의 냄새를 뿜어댔지만
나는 그리 취하지도 않았다 지금 이게 삶이 아니므로,

아니므로 그해 가을이 남겨놓은 우리는 서로 쳐다봤
지만
단단한 물건이었을 뿐이고 같은 하늘을 바라보아도
다른 하늘이 덮치고 겹쳤다
이 조개껍질은 어떻게 산 위로 올라왔을까?

그해 가을

그해 가을 나는 아무에게도 편지 보내지 않았지만
늙어 군인 간 친구의 편지 몇 통을 받았다 세상 나무
들은
어김없이 동시에 물들었고 풀빛을 지우며 집들은 언
덕을
뻗어나가 하늘에 이르렀다 그해 가을 제주산 5년생
말은
제 주인에게 대드는 자가용 운전사를 물어뜯었고 어느
유명 작가는 남미 기행문을 연재했다
아버지, 아버지가 여기 계실 줄 몰랐어요
그해 가을 소꿉장난은 국산영화보다 시들했으며 길게
하품하는 입은 더 깊고 울창했다 깃발을 올리거나 내릴
때마다 말뚝처럼 사람들은 든든하게 박혔지만 해머
휘두르는 소리, 들리지 않았다 그해 가을 모래내 앞
샛강에 젊은 뱀장어가 떠오를 때 파헤쳐진 샛강도 둥둥
떠올랐고 고가도로 공사장의 한 사내는 새 깃털과 같은
속도로 떨어져내렸다 그해 가을 개들이 털갈이할 때
지난 여름 번데기 사 먹고 죽은 아이들의 어머니는 후
미진

골목길을 서성이고 실성한 늙은이와 천부天賦의 백치는

서울역이나 창경원에 버려졌다 그해 가을 한 승려는

인골人骨로 만든 피리를 불며 밀교승이 되어 돌아왔고 내가

만날 시간을 정하려 할 때 그 여자는 침을 뱉고 돌아섰다

아버지, 새벽에 나가 꿈속에 돌아오던 아버지,

여기 묻혀 있을 줄이야

그해 가을 나는 세상에서 재미 못 봤다는 투의 말버릇은

버리기로 결심했지만 이 결심도 농담 이상의 것은

아니었다 떨어진 은행잎이나 나둥그러진 매미를 주워

성냥갑 속에 모아두고 나도 누이도 방문을 안으로

잠갔다 그해 가을 나는 어떤 가을도 그해의 것이

아님을 알았으며 아무것도 미화美化시키지 않기 위해서는

비하卑下시키지도 않는 법을 배워야 했다

아버지, 아버지! *내가 네 아버지냐*

그해 가을 나는 살아온 날들과 살아갈 날들을 다 살아
버렸지만 벽에 맺힌 물방울 같은 또 한 여자를 만났다
그 여자가 흩어지기 전까지 세상 모든 눈들이 감기지
않을 것을 알았고, 그래서 그레고르 잠자의 가족들이
매장을 끝내고 소풍 갈 준비를 하는 것을 이해했다

아버지, 아버지…… *썹새끼, 너는 입이 열이라도 말*
못 해

그해 가을, 가면 뒤의 얼굴은 가면이었다

그날 아침 우리들의 팔다리여

그날 아침 비 왔다 개이고 다시 흐리고 갑자기 항아리에서

물이 새고 장독이 깨지고 그날 아침 공원工員들 실은 트럭이

장사진을 이루고 어떤 녀석은 머리에 흰 띠 두르고 깃발을

흔들고 계집애들 소리 내어 껌 씹으며 히히닥거리며 줄 맞춰

가고 버스를 타서나 내려서나 우리는 한결같은 군대 얘기

잠시 침묵, 다시 군대 얘기 〈비상 걸리면 높은 양반들도

불나게 뛰었지……〉 그날 아침 종루에는 종鐘이 없고 종이로 접은

새들 곤두박질하고 우리는 나직이 군가를 흥얼거렸다 그날 아침

안개와 뜬소문은 속옷까지 기어들었고 빈터엔 유리 조각이

굽은 쇠못이 벌겋게 녹슨 철근이 파밭에는 장다리가 길가에선

학교 가는 아이가 울면서 그 어머니가 주먹질하며 달

려오면서

〈이 옘병할 놈아, 네 에미를 잡아먹어라〉 그날 아침

테니스 코트에는 날씬한 여자와 건장한 사내가 흰 유
니폼을 입고

흰 모자 흰 운동화를 신고 흰 공을 가볍게 밀어 치고

그날 아침 동네 개들은 물불 안 가리고 올라타고 쫓
아도

도망 안 가고 여인숙 문을 밀치며 침 뱉는 작부들 우
리는

다시 군대 얘기 〈휴가 끝나고 돌아올 때 선임하사를
만났더랬어

그 씨팔놈……〉 그날 아침 매일 아침처럼 라디오에선
미국 사람이

〈What is this?〉라고 물었고 학생들이 따라 대답했다

〈홧 이즈 디스?〉 그날 아침 헤어지며 우리는 식은 욕
망을

피로를 기억상실을 군대 얘기로 만들었고 대충 즐거
웠고

오 그날 아침 우리들의 팔다리여, 무한 창공의 깃발
이여

그러나 어느 날 우연히

어느 날 갑자기 망치는 못을 박지 못하고 어느 날 갑자기 벼는 잠들지

못한다 어느 날 갑자기 재벌의 아들과 고관의 딸이 결혼하고 내 아버지는

예고 없이 해고된다 어느 날 갑자기 새는 갓 낳은 제 새끼를 쪼아 먹고

캬바레에서 춤추던 유부녀들 얼굴 가린 채 줄줄이 끌려 나오고 어느 날

갑자기 내 친구들은 고시에 합격하거나 문단에 데뷔하거나 미국으로

발령을 받는다 어느 날 갑자기 벽돌을 나르던 조랑말이 왼쪽 뒷다리를

빼고 과로한 운전수는 달리는 버스 핸들 앞에서 졸도한다

어느 날 갑자기 미루나무는 뿌리째 뽑히고 선생은 생선이 되고 아이들은

발랑까지고 어떤 노래는 금지되고 어떤 사람은 수상해지고 고양이 새끼는

이빨을 드러낸다 어느 날 갑자기 꽃잎은 발톱으로 변하고 처녀는 양로원으로
가고 엽기 살인범은 불심검문에서 체포되고 어느 날 갑자기 괘종시계는
멎고 내 아버지는 오른팔을 못 쓰고 수도꼭지는 헛돈다

어느 날 갑자기 여드름투성이 소년은 풀 먹인 군복을 입고 돌아오고
조울증의 사내는 종적을 감추고 어느 날 갑자기 일흔이 넘은 노파의 배에서
돌덩이 같은 태아가 꺼내지고 죽은 줄만 알았던 삼촌이 사할린에서 편지를
보내온다 어느 날 갑자기, 갑자기 옆집 아이가 트럭에 깔리고 축대와 둑에
금이 가고 월급이 오르고 바짓단이 틀어지고 연꽃이 피고 갑자기,
한약방 주인은 국회의원이 된다 어느 날 갑자기, 갑자기 장님이 눈을 뜨고
앉은뱅이가 걷고 갑자기, ×이 서지 않는다

어느 날 갑자기 주민증을 잃고 주소와 생년월일을 까
먹고 갑자기,
왜 사는지 도무지 알 수 없고

그러나 어느 날 우연히 풀섶 아래 돌덩이를 들치면 얼
마나 많은 불개미들이
꼬물거리며 죽은 지렁이를 갉아 먹고 얼마나 많은 하
얀 개미알들이 꿈꾸며
흙 한 점 묻지 않고 가지런히 놓여 있는지

인생 · 1978년 11월

1978년 11월 나는 인생이 부르는 소리를 들었다 시내
음식점 곰탕 국물에선 몇 마리의 파리가 건져졌고 안
개 속을
지나가는 얼굴들, 몇 개씩 무리지어 지워졌다 어떤
말도
뜻을 가질 만큼 분명하지 않았다 확인할 수 있는 것은
시멘트 바닥을 가르는 해머 소리 눈썹을 밀어붙인 눈
그림자처럼 떠오르는 무용수의 팔…… 술이 머리끝까
지 올라
왔을 때 새들은 침착하게 떨어져 내렸고 그 침묵도 비
명도
아닌 순간의 뜨거움 1978년 11월 인생은 추수 끝난
갯밭의 목소리로 나를 불렀다 울음이 끝난 뒤의 끈
끈한
힘을 모아 나는 대답했다…… 뒤처진 철새의 날갯짓
으로

성탄절

성탄절 날 나는 하루 종일 코만 풀었다 아무 애인도
나를 불러주지 않았다 나는 아무에게나 전화했다 집에
없다는 것이었다 아무도 없어요 아무도 없어도 아무도
살지 않으니 죽음도 없어요 내 목소리가 빨간 제라늄
처럼
흔들리다가…… 나는 아무 데도 살지 않는 애인이 보고
싶었다 그 여자의 눈 묻은 구두가 보고 싶었다 성탄
절 날
나는 낮잠을 두 번 잤다 한 번은 그 여자의 옷을 벗겼다
싫어요 안 돼요 한 번은 그 여자의 알몸을 파묻고 있
었다
흙이 떨어질 때마다 그 여자는 깔깔 웃었다 멀고 먼
성탄절 나는 Pavese의 시를 읽었다 1950년 Pavese
자살, 1950년? 어디서 그를 만났던가 그의 시는
정말 좋았다 죽을 정도로 좋으니 죽을 수밖에 성탄절 날
Pavese는 내 품에서 천천히 죽어갔다 나는 살아 있었
지만
지겨웠고 지겨웠고 아무 데도 살지 않는 애인이 보고
싶었다

키스! 그 여자가 내 목덜미 여러 군데 입술 자국을

남겨주길…… Pavese는 내 품에서 천천히 죽어갔다

나는

그의 고향 튜린의 창녀였고 그가 죽어간 하숙방이었다

나는

살아 있었고 그는 죽어갔다 아무도 태어나지 않았다

제대병

아직도 나는 지나가는 해군 찝차를 보면 경례! 붙이고
싶어진다
그런 날에는 페루를 향해 죽으러 가는 새들의 날개의
아픔을
나는 느낀다 그렇다, 무덤 위에 할미꽃 피듯이 내 기억
속에
송이버섯 돋는 날이 있다 그런 날이면 내 아는 사람이
죽었다는 소식이 오기도 한다 순지가 죽었대, 순지가!
그러면 나도 나직이 중얼거린다 순, 지, 는, 죽, 었, 다

몽매일기

1

한 시대의 여물인 고통과 한 시대의
신발인 절망감 너는 날으는 물이요
웃는 물이요 너는 표현할 수 없었다
한 시대의 비행非行과 한 시대의 불감증을
한 시대의 길가에서 너는 사랑의 편지를
주웠지만 아무에게도 전하지 않았다
너는 사망했다 그리고 먹고 마셨다
한 시대의 습기와 한 시대의 노린내를
너는 두 개의 입으로 토해냈다 자고 나면
햇볕에 이불을 말리고 떠벌려 입을 말리고
시들어갔다

2

처음엔 물건이 사라지고 다음엔
물건에 대한 기억이 사라지고

한 세대가 오고 또 한 세대가 간다
처음엔 비 맞은 성냥이 안 켜지고 다음엔
비 맞은 해바라기가 빛난다 끔찍하다
비 맞은 공포여, 웃음과 신음의 화촉華燭

어떻든 살아야겠다는 마음이 어떻든
살 수 없다는 마음을 업고 발바닥이
땅을 업고 그림자가 실물을 업고 쓰레기가
밥상을 업고 입이 자꾸만, 항문을 빨고

천국은 유곽의 창娼이요 뜨물처럼 오르는
희망, 희망— 늙은 권투 선수

처음엔 고통이 사라지고 다음엔
고통에 대한 기억이 사라지고
뒤집힌 눈, 잔물결 지는 눈썹, 영화는
끝났고 다시 시작된다

3

거룩한

거룩한 거룩한

지연遲延 지루한 사랑

마음이 물질이 될 때까지 견디기

못 견디기

고통은 제가 고통인 줄 모르고

고통은 제가 고통인 줄 미처, 모르고

여기는 아님

여기서

기쁨까지 거리, 파동

여기서 죽음까지 거리, 파동

껴안은 사람들 사이의 무한한 거리, 파동

여기는 아님

여기 있으면서 거기 가기

여기 있으면서 거기 안 가기

여기는 아님 거기 가기 거기 안 가기

여기는 아님 피는 강물 소리를 꿈꾸기 달맞이꽃,

노오란 신음 소리를 꿈꾸기
한 고통이 다른 고통을 부르기
다른 고통이 대답하기 대답 안 하기 대답하기
여기는 아님
아님 아님
아님

사랑일기

1

어디로도 갈 수 없고 어디로 가지 않을 수도 없을 때
마음이여, 몸은 늙은 풍차風車, 휘이 돌려보시지
몸은 녹슬은 기계, 즐거움에 괴로움 섞어
잠을 만드는 기계
몸은 벌집, 고통이 들쑤신 벌집
몸은 눈도 코도 없지만 몸을 쏘아보는 엽총과
몸을 냄새 맡는 누리의 미친개들

어디로도 갈 수 없고 어디로 가지 않을 수도 없을 때
마음이여, 몸은 낡은 신발, 뒤집어 신고 날아보시지
── 당대當代의 몸값은 신발값과 같으니
당대의 몸이 해고 닳아, 참으로 연한 뱃가죽 보이누나

2

한 마리 말을 옭아매는 마차의 끈은, 끊어지지 않는

마차의 사랑 마차의 꿈 사랑한다 가엾은 내……

미끼에 걸린 물고기를 끌어 올리는, 가늘은 낚싯줄은

물고기의 사랑, 사랑은 입으로 말하여지고 사랑은 입을 꿰뚫고

그래, 개를 걷어차는 구둣발은, 구두를 닮은

소가죽의 사랑 픽, 쓰러지며 소가 남긴 사랑

　죽은 나무는 자라지 않지만 죽은 나무의 괴로움은 자라고

　지금 밀물은 바로 그 썰물이었으며 애인은

　애인을 닮은 수렁이었고 애인을 닮은 무딘 칼이었고 애인을 닮은 불안이었고

　그래, 온몸으로 번지는 매독梅毒의 사랑

　문드러지면서 입술이, 허벅지가 표현하는 아기자기한 사랑

　어머니, 저의 밥은 따뜻한 죽음이요 저의 잠은 비좁은 수의壽衣요

　어머니 저는 낙타요 바늘이요 성자聖者요 성자의 밥그

룻이요 어머니, 저는

　견디어라 얘야, 네 꼬리가 생길 때까지 아무도
　만나지 마라, 아픈 것들의 아픔으로 네가 갈 때까지
　네 혓바닥은 괴로움의 혓바닥이요 네 손바닥은 병
든 나무의 나뭇잎이요

　3

　어느 날 엄마, 내가 아주 배고프고 다리 아파 목마른
논에
　벼 포기로 섰다면 엄마, 그 소식 멀리서 전해 듣고 맨발로
　뛰어오셔 애야 집에 가자 아버지랑 형이랑 너 기다리
느라
　잠 한숨 못 잔단다 집에 가자 내가 잘못했어 엄마, 그
러시겠어요?

　그러실 테지만 난 못 돌아가요 뿌리가 끊어지면 물을

못 먹어요 엄마, 제 이삭이나 넉넉히 훑어 가시지요

어느 날 엄마, 내 살 길이 아주 가파르고 군데군데 끊어지기도 한다면
엄마, 얘야 내 등에 업혀라 밥 많이 먹고 건강해야지 너만 보면
마음 아프구나 하시며 내 살 길처럼 타박타박 걸어가시겠어요?
엄마 걸어가시겠어요? 발굽이 부러지면

등으로 기어 날 안고 가시겠지만 엄마, 난 못 가요
내 사지는 못 박혀 고름 흘려요

엄마, 어느 날 저녁 구름을 밀어내며 얘야
여기 예루살렘이야 통곡으로 벽을 만든 나의 안방이야
요단, 잔잔하단다 요단, 지금 건너라, 빨리 하시면

내가 건너겠어요? 어느 게 나룻배인가요? 아니에요
그건 쓰러진 누이예요 엄마, 누이가 아파요

어째서 이런 일이 벌어졌을까

1

내가 나를 구할 수 있을까
시詩가 시를 구할 수 있을까
왼손이 왼손을 부러뜨릴 수 있을까
돌이킬 수 없는 것도 돌이키고 내 아픈 마음은
잘 논다 놀아난다 얼싸
천국은 말 속에 갇힘
천국의 벽과 자물쇠는 말 속에 갇힘
감옥과 죄수와 죄수의 희망은 말 속에 갇힘
말이 말 속에 갇힘, 갇힌 말이 가둔 말과 흘레붙음, 얼싸

돌이킬 수 없는 것도 돌이키고 내 아픈 마음은
잘 논다 놀아난다 얼싸

2

나는 〈덧없이〉 지리멸렬한 행동을 수식하기 위하여

내 나름으로 꿈꾼다 〈덧없이〉 나는 〈어느 날〉
돌 속에 바람 불고 사냥개가 천사가 되는
〈어느 날〉 다시 칠해지는 관청의 회색 담벽
나는 〈집요하게〉 한 번 젖은 것은 다시 적시고
한 번 껴안으면 안 떨어지는 나는 〈집요하게〉

내 시에는 종지부가 없다
당대의 폐품들을 열거하기 위하여?
나날의 횡설수설을 기록하기 위하여?

언젠가, 언젠가 나는 〈부패에 대한 연구〉를 완성 못 하
리라

3

숟가락은 밥상 위에 잘 놓여 있고 발가락은 발끝에
얌전히 달려 있고 담뱃재는 재떨이 속에서 미소 짓고
기차는 기차답게 기적을 울리고 개는 이따금 개처럼

짖어 개임을 알리고 나는 요를 깔고 드러눕는다 완벽한
    허위 완전범죄 축축한 공포, 어째서 이런 일이 벌어졌
을까

〈여러 번 흔들어도 깨지 않는 잠, 나는 잠이었다
    자면서 고통과 불행의 정당성을 밝혀냈고 반복법과
    기다림의 이데올로기를 완성했다 나는 놀고먹지 않
았다
    끊임없이 왜 사는지 물었고 끊임없이 희망을 접어 날
렸다〉

어째서 이런 일이 벌어졌을까 어째서 육교 위에
    버섯이 자라고 버섯이 비둘기는 수박 껍데기를 핥는가
    어째서 맨발로, 진흙 바닥에, 헝클어진 머리, 몸빼 차림의
    젊은 여인은 통곡하는가 어째서 통곡과 어리석음과
    부질없음의 표현은 통곡과 어리석음과 부질없음이
    아닌가 어째서 시는 귀족적인가 어째서 귀족적이 아닌가

    식은 밥, 식은 밥을 깨우지 못하는 호각 소리—

아들에게

　아들아 시를 쓰면서 나는 사랑을 배웠다 폭력이 없는 나라,

　그곳에 조금씩 다가갔다 폭력이 없는 나라, 머리카락에

　머리카락 눕듯 사람들 어울리는 곳, 아들아 네 마음속이었다

　아들아 시를 쓰면서 나는 지둔遲鈍의 감칠맛을 알게 되었다

　지겹고 지겨운 일이다 가슴이 콩콩 뛰어도 쥐새끼 한 마리

　나타나지 않는다 지겹고 지겹고 무덥다 그러나 늦게 오는 사람이

　안 온다는 보장은 없다 늦게 오는 사람이 드디어 오면

　나는 그와 함께 네 마음속에 입장할 것이다 발가락마다

　싹이 돋을 것이다 손가락마다 이파리 돋을 것이다 달리아 구근球根 같은

　내 아들아 네가 내 말을 믿으면 달리아 꽃이 될 것이다

　틀림없이 된다 믿음으로 세운 천국을 믿음으로 부술 수도 있다

　믿음으로 안 되는 일은 없다 아들아 시를 쓰면서 나는

내 나이 또래의 작부들과 작부들의 물수건과 속 쓰림을 만끽하였다

시로 쓰고 쓰고 쓰고서도 남는 작부들, 물수건, 속 쓰림……

사랑은 응시하는 것이다 빈말이라도 따뜻이 말해주는 것이다 아들아

빈말이 따뜻한 시대가 왔으니 만끽하여라 한 시대의 어리석음과

또 한 시대의 송구스러움을 마셔라 마음껏 마시고 나서 토하지 마라

아들아 시를 쓰면서 나는 고향을 버렸다 꿈엔들 네 고향을 묻지 마라

생각지도 마라 지금은 고향 대신 물이 흐르고 고향 대신 재가 뿌려진다

우리는 누구나 성기 끝에서 왔고 칼끝을 향해 간다

성기로 칼을 찌를 수는 없다 찌르기 전에 한 번 더 깊이 찔려라

찔리고 나서도 피를 부르지 마라 아들아 길게 찔리고 피 안 흘리는 순간,

고요한 시, 고요한 사랑을 받아라 네게 준다 받아라

연애에 대하여

1

여자들이 내 집에 들어와 지붕을 뚫고
담 넘어간다 손이 없어 나는 붙잡지 못한다
벽마다 여자만 한 구멍이 뚫려 있다
여자들이 내 방에 들어와 이불로 나를
덮어 싼다 숨 막혀 죽겠어! 이불 위에 올라가
여자들이 화투를 친다

숨 막힌 채로 길 떠난다
길 가다 외로우면
딴 생각하는 길을 껴안는다

2

기도의 형식으로 나는 만났다
버리고 버림받았다 기도의 형식으로
나는 손 잡고 입 맞추고 여러 번 죽고 여러 번

태어났다
흐르는 물을 흐르게 하고 헌 옷을
좀먹게 하는 기도, 완벽하고 무력한 기도의
형식으로 나는 숨 쉬고 숨졌다

지금 내 숨 가쁜 시신屍身을 밝히는 촛불들
애인들, 지금도 불 밝은 몇몇의 술집

3

내 살아 있는 어느 날 어느 길 어느 골목에서
너를 만날지 모르고 만나도 내 눈길을 너는 피할 테지만
그날, 기울던 햇살, 감긴 눈, 긴 속눈썹, 벌어진 입술,
캄캄하게 낙엽 구르는 소리, 나는 듣는다

기억에 대하여

가끔 담배를 사고 그냥 두고 나온다 아니면

담배 대신 거스름돈을 놓고 나온다 방금 만난

친구도 생각이 안 난다 기껏, 누구를 만난 것 같은데……

그의 목소리와 웃음과 눈짓은 흘러내린다 집과 나무와

전봇대도 흘러내린다 그러면 아버지와 어머니와 누이도

흘러내린다 그러면 나는 날아오른다 금요일, 목요일, 수요일,

화요일, 월요일…… 천국? 고통? 끄윽ℓ 아주 높이

올라가서도 연탄 끄는 때절은, 붉은 말을 만난다 나는

말에게 큰절한다 〈모든 게 힘들고 어렵다는 느낌뿐이에요〉

너무 어지러우면 뛰어내린다 거참, 안전하다

나는 아직 다쳐본 적이 없다 이목구비가 썩어가도

모든 게 거짓말이다

밥에 대하여

1

어느 날 밥이 내게 말하길
《참, 아저씨나 나나……
말꼬리를 흐리며 밥이 말하길
《중요한 것은 사과 껍질
찢어버린 편지
욕설과 하품, 그런 것도
아니고 정말 중요한 것은
빙벽氷壁을 오르기 전에
밥 먹어두는 일.

밥아, 언제 너도 배고픈 적 있었니?

2

밥으로 떡을 만든다
밥으로 술을 만든다

밥으로 과자를 만든다

밥으로 사랑을 만든다 애인은 못 만든다

밥으로 힘을 쓴다 힘 쓰고 나면 피로하다

밥으로 피로를 만들고 비관주의와 아카데미즘을 만든다

밥으로 빈대와 파렴치와 방범대원과 창녀를 만든다

밥으로 천국과 유곽과 꿈과 화장실을 만든다 피로하다 피로하다 심히 피로하다

밥으로 고통을 만든다 밥으로 시詩를 만든다 밥으로 철새의 날개를 만든다 밥으로 오르가슴에 오른다 밥으로 양심 가책에 젖는다 밥으로 푸념과 하품을 만든다 세상은 나쁜 꿈 나쁜 꿈 나쁜

밥은 나를 먹고 몹쓸 시대를 만들었다 밥은 나를 먹고 동정과 눈물과 능변能辯을 만들었다, 그러나

밥은 희망을 만들지 못할 것이다 밥이 법法이기 때문이다 밥은 국법이다 오 밥이여, 어머님 젊으실 적 얼굴이여

세월에 대하여

1

석수石手의 삶은 돌을 깨뜨리고 채소 장수의 삶은
하루 종일 서 있다 몬티를 닮은 내 친구는
동시상영관에서 죽치더니 또 어디로 갔는지
세월은 갔고 세월은 갈 것이고 이천 년 되는 해
아침 나는 손자를 볼 것이다 그래 가야지
천국으로 통하는 차들은 바삐 지나가고
가로수는 줄을 잘 맞춘다 저기, 웬 아이가
쥐꼬리를 잡고 빙빙 돌리며 씽긋 웃는다

세월이여, 얼어붙은 날들이여
야근하고 돌아와 환한 날들을 잠자던 누이들이여

2

피로의 물줄기를 타넘다 보면 때로 이마에
뱀딸기꽃이 피어오르고 그건 대부분

환영이었고 때로는 정말 형님이 아들을 낳기도
했다 아버지가 으흐허 웃었다 발가벗은
나무에서 또 몇 개의 열매가 떨어졌다 때로는
얼음 깔린 하늘 위로 붉은 말이 연탄을
끌고 갔다 그건 대부분 환영이었고 정말
허리 꺾인 아이들이 철 지난 고추나무처럼
언덕에 박혀 있기도 했다 정말 거세된
친구들이 유행가를 부르며 사라져갔지만
세월은 흩날리지 않았다 세월은 신다 버린 구두
속에서 곤한 잠을 자다 들키기도 하고
때로는 총알 맞은 새처럼 거꾸로 떨어졌다
아버지는 으흐허 웃고만 있었다 피로의 물줄기를
타넘다 보면 때로 나는 높은 새집 위에서
잠시 쉬기도 하였고 그건 대부분 환영이었다

3

세월은 갔고 아무도 그 어둡고 깊은 노린내 나는

구멍으로부터 돌아오지 못했다 몇 번인가 되돌아온
편지, 해답은 언제나 질문의 잔해였고 친구들은
태엽 풀린 비행기처럼 고꾸라지곤 했다 너무
피곤해 수음手淫을 할 수 없을 때 어른거리던
하얀 풀뿌리 얼어붙은 웅덩이 세월은 갔고
매일매일 작부들은 노래 불렀다 스물세 살,
스물네 살 나이가 담뱃진에 노랗게 물들 때까지
또 나는 열한 시만 되면 버스를 집어탔고

세월은 갔다 봉제 공장 누이들이 밥 먹는 30분 동안
다리미는 세워졌고 어느 예식장에서나 30분마다
신랑 신부는 바뀌어갔다 세월은 갔다 변색한
백일 사진 화교華僑들의 공동묘지 싸구려 밥집 빗물
고인 길바닥, 나뭇잎에도 세월은 갔다 한 아이가
세발자전거를 타고 번잡한 찻길을 가고 있었다
어떤 사람은 불쌍했고 어떤 사람은 불쌍한
사람을 보고 울었다 아무것도 그 비리고 어지러운
숨 막히는 구멍으로부터 돌아오지 못했다

4

나는 세월이란 말만 들으면 가슴이 아프다
나는 곱게 곱게 자라왔고 몇 개의 돌부리 같은
사건들을 제외하면 아무 일도 없었다 중학교
고등학교 그 어려운 수업 시대, 욕정과 영웅심과
부끄러움도 쉽게 풍화했다 잊어버릴 것도 없는데
세월은 안개처럼, 취기처럼 올라온다
웬 들 판 이 이 렇 게 넓 어 지 고
얼마나빨간작은꽃들이지평선끝까지아물거리는가

　　　　　　　　　　　　　그해
　　　　　　　　　　　자주 눈이 내리고
　　　　　　　　　　빨리 흙탕물로 변해갔다
　　　　　　　　　나는 밤이었다 나는 너와 함께
　　　　　　　기차를 타고 민둥산을 지나가고 있
　　　　　었다 이따금 기차가 멎으면 하얀 물체가
어른거렸고 또 기차는 떠났다…… 세월은 갔다

어쩌면 이런 일이 있었는지도 모른다

내가
돌아서
출렁거리는
어둠 속으로 빠져 들어갈 때
너는 발을 동동 구르며
부서지기 시작했다
아무 소리도
들리지 않았다

(나는 너를 사랑했다
나는 네가 잠자는 두 평 방이었다
인형 몇 개가 같은 표정으로 앉아 있고
액자 속의 교회에서는 종소리가 들리는……
나는 너의 방이었다
네가 바라보는 풀밭이었다
풀밭 옆으로 숨죽여 흐르는 냇물이었다

그리고 나는 아무것도 아니었다
문득 고개를 떨군 네
마음 같은,
한 줌
공기였다)

세월이라는 말이 어딘가에서 나를 발견할 때마다
하늘이 눈더미처럼 내려앉고 전깃줄 같은 것이
부들부들 떨고 있는 것을 본다 남들처럼
나도 두어 번 연애에 실패했고 그저 실패했을
뿐, 그때마다 유행가가 얼마만큼 절실한지
알았고 노는 사람이나 놀리는 사람이나 그리
행복하지 않다는 것을 알아야 했다 세월은
언제나 나보다 앞서 갔고 나는 또 몇 번씩
그 비좁고 습기 찬 문간門間을 지나가야 했다

처형

1

눈알은 개구리알처럼 얼굴을 떠다니고
목구멍까지 칼끝이 올라왔다
누가 내 손을 끌어당기면 길게 늘어났다
이젠 도저히 늘어날 수 없다고 생각했을 때
또 쉽게, 쉽게 늘어났다

방바닥에서 개 짖는 소리가 올라왔다
떠나는 거다
어슬렁거리며 하룻밤, 편히 쉴 곳을 찾아
잠은 든든한 천막이요 나날은 떨어지는 빗방울이니

2

일어나라, 일어나
내 어머니 부르실 때마다
황폐한 무덤을 허물고 나는 일어섰다

누이의 뺨에는 살얼음이 반짝이고
내 노래는 주르르 흘러내리기도 하였다

방마다 치욕은 녹슨 못처럼 박혀 있었다
나는 그곳에 옷이랑 가족사진을 걸었다
고개 떨구면, 누룽지 같은 기억들이 일어나고
손 닿지 않는 곳엔 뽀오얀 곰팡이가 슬었다

아침부터 내 신발은 술로 가득 차 있었다
아버지,
가능하면 이 잔을 치워주소서……

3

그러나 방바닥은 패어 있었고
조금씩 빗물이 고였다
가족들은 말을 하는 대신
뚜―뚜―뚜 통화 중 신호만 보냈다

나는 기다렸다 이윽고!
붉은 새털을 단 화살이 뒤통수에 꽂혔다
소리 없이 눈동자가 돌아눕고
나는 보았다 어두운
내장 속에서, 연두색 물개 한 마리가
허공을 치켜보는 것을

눈

1

눈이 온다 더욱 뚜렷해지는 마음의 수레바퀴 자국
아이들은 찍힌 무처럼 버려져 있고
전봇대는 크리스마스실 속으로 걸어 들어간다

눈이 온다 산등성이 허름한 집들은 백기白旗를 날리고
한 떼의 검은 새들, 집을 찾지 못한다
마음의 수레바퀴 자국에서 들리는 수레바퀴 소리

이제 길은 하늘 바깥을 떠돌고
망자들은 무덤 위로 얼굴을 든다
── 치욕이여, 치욕이여 언제 너도 백기를 날리려나

2

그 겨울 눈은 허벅지까지 쌓였다
창을 열면 아, 하고 복면한 산들이 솟아올랐다

잊혀진 조상들이 일렬로 걸어왔다
끊임없이 그들은 흰 피를 흘렸다

두 손으로 얼굴을 가리면
온몸에서 전깃줄이 울고, 얼음장에
아가미를 부딪는 작은 물고기들이 보였다

3

희생자들은 곳곳에 쌓였다
나무 십자가가 너무 부족했다
잘못, 시체를 밟을 때마다 나는
가슴속에 물고기를 그렸다

희생자들은 곳곳에 녹아 흘렀다
물고기 뼈가 공중에 떠올랐다

아— 하고 누가 소리 질렀다
또 한 떼의 희생자들이 희생자들 위에 쓰러졌다
사슴뿔을 단 치욕이 썰매를 끌고 달려갔다
아— 하고 뒷산이 대답했다

다시, 정든 유곽에서

1

우리는 어디에서 왔나 우리는 누구냐
우리의 하품하는 입은 세상보다 넓고
우리의 저주는 십자가보다 날카롭게 하늘을 찌른다
우리의 행복은 일류 학교 배지를 달고 일류 양장점에서
재단되지만 우리의 절망은 지하도 입구에 앉아 동전
떨어질 때마다 굽실거리는 것이니 밤마다
손은 죄를 더듬고 가랑이는 병약한 아이들을 부르며
소리 없이 운다 우리는 어디에서 왔나 우리는 누구냐
우리의 후회는 난잡한 술집, 손님들처럼 붐비고
밤마다 우리의 꿈은 얼어붙은 벌판에서 높은 송전탑
처럼
떨고 있으니 날들이여, 정처 없는 날들이여 쏟아부어라
농담과 환멸의 꺼지지 않는 불덩이를 폐차의 유리창
같은
우리의 입에 말하게 하라 우리가 누구이며 어디에서
왔는지를

2

　철든 그날부터 변은 변소에서 보지만 마음은 늘 변 본
그 자리를 떠나지 못하고, 명절날 고운
　옷 입은 채 뒹굴고 웃고 연애하고……
　우리는 정든 마구간을 떠나지 못하며

　무덤 속에 파랑새를 키우고 잡아먹고
　무덤 위에 애들을 태우고 소풍 나간다 빨리 달린다
　참 구경 좋다 때때로

　스캔들이 터진다 색色이 등등한 늙은이가
　의붓딸을 범하고 습기 찬 어느 날 밤 신혼부부는
　연탄가스로 죽는다 알몸으로, 거참 구경 좋다

　철든 그날부터 변은 변소에서 보지만 마음은 늘 변 본
그 자리를 떠나지 못하고, 악에 받친 소년들은
　소주병을 깨고 제 팔뚝을 그어도……

여전히 꿈에 부푼 식모애들은 때로, 사생아를 낳지만

언젠가, 언젠가도 정든 마구간에서 한 발자국, 떼어놓기를 우리는 겁내며

3

우리는 살아 있다 살아 손가락을 발바닥으로 짓이긴다
우리는 살아 있다 살아 애써 모은 돈을 인기인과 모리배들에게 헌납한다
우리의 욕망은 백화점에서 전시되고 고층 빌딩 아래 파묻히기도 하며
우리가 죽어도 변함없는 좌우명 인내! 도대체 어떤 사내가
새와 짐승과 나비를 만들고 남자와 여자를 만들고 제7일에
휴식하는가 새는 왜 울고 짐승은 무얼 믿고 뛰놀며 나비는

114

어찌 그리 고운 무늬를 자랑하는가 무슨 낙으로 남자
는 여자를 끌어안고
엉거주춤 죽음을 만드는가 우리는 살아 있다 정다운
무덤에서 종소리,
종소리가 들릴 때까지 후회, 후회, 후회의 종소리가 그
칠 때까지

4

때로 우리는 듣는다 텃밭에서 올라오는
노오란 파의 목소리 때로 우리는 본다
앞서 가는 사내의 삐져나온 머리칼 하나가
가리키는 방향을 무슨 소린지 어떻게, 어떻게
하라는 건지 알 수 없지만 안다 우리가
잘못 살고 있음을 때로 눈은 내린다
참회의 전날 밤 무릎까지 쌓이는 표백된 기억들
이내 질퍼덕거리며 낡은 구두를 적시지만
때로 우리는 그리워한다 힘없는 눈송이의

모질고 앙칼진 이빨을 때로 하염없이 밀리는
차들은 보여준다 개죽음을 노래하는 지겹고
숨 막히는 행진을 밤마다 공장 굴뚝들은
거세고 몽롱한 사랑으로 별길을 가로막지만
안다 우리들 시詩의 이미지는 우리만큼 허약함을
안다 알고 있다 아버지 허리를 잡고 새끼들의
손을 쥐고 이 줄이 언제 끝나는지 뭣 하러 줄
서는지 모르고 있음을

5

　우리가 이길 수 있는 것은 낡은 구두에 묻은 눈 몇 송이
　우리가 부를 수 있는 것은 마음속에 항시 머무는 먹장
구름
　우리가 예감할 수 있는 것은 더럽힌 핏줄 더럽힌 자식
　병거兵車는 항시 밥상을 에워싸고 떠나지 않고 꿈틀거
리는 것은, 물결치는 것은
　무거운 솜이불 아, 이 겨울 우리가 이길 수 있는 것은

안개 낀 길을 따라 무더기로 지워지는 나무들

우리의 후회는 눈 쌓인 벌판처럼 끝없고 우리의 피로는

죽음에 닿는 강江 한 끼도 거름 없이 고통은 우리의
배를

채우고 담뱃불로 지져도, 얼음판에 비벼도 안 꺼지는
욕정

보석과 향료로 항문을 채우고자 아, 이 겨울 우리가

이길 수 있는 것은 잠 깬 뒤의 하품, 물 마신 뒤의 목마름

                                              갈 수 있을까

                        언제는 몸도

                                        마음도

                        안 아픈   나라로

                                      귓속에

              복숭아꽃   피고

                        노래가

        마을이 되는

                  나라로

                        갈 수 있을까

117

　　　　　　어지러움이

　　　　　　　　　　맑은 물

　　　　　　　　　　　　　　흐르고

　　　　　　흐르는 물 따라

　　　　　　　　　　　불구의 팔다리가

　　　　흐르는 곳으로

　　　　　　　　갈 수 있을까

　　　　　　　　　　　　죽은 사람도 일어나

　　　　　　따뜻한 마음 한잔

　　　　　　　　권하는 나라로

　　　아,　　　　　　　　　　갈 수 있을까

언제는

　　　몸도

　　　　　마음도

　　　　　　안 아픈

　　　　　　　　　나라로

118

6

그리고 어느 날 첫사랑이 불어닥친다
그리고 어느 날 기다리고 기다리던 사람이 온다
무너진 담벽, 늘어진 꿈과 삐죽 솟은 법法을
가뿐히 타 넘고 온다 아직 눈 덮인 텃밭에는
싱싱한 파가 자라나고 동네 아이들은
지붕 위에 올라가 연을 날린다 땅에 깔린다
노래는 땅에 스민다 그리고 어느 날 집들이
하늘로 떠오르고 고운 바람에 실려 우리는
멀리 간다 창가에 서서 빨리 바뀌는
풍경을 바라보며 도란도란 이야기한다
상상도 못할 졸렬한 인간들을 그곳에서
만났다고…… 그리고 어느 날 다시 흙구덩이 속에
추락할 것이다 뱃가죽으로 기어갈 것이다
사랑해, 라고 중얼거리며 서로 모가지를 물어
뜯을 것이다 그리고 어느 날 아무것도 다시는
불어닥치지 않고 기다림만 남아 흐를 것이다

이제는 다만 때 아닌, 때 늦은 사랑에 관하여

이제는 송곳보다 송곳에 찔린 허벅지에 대하여
말라붙은 눈꺼풀과 문드러진 입술에 대하여
정든 유곽의 맑은 아침과 식은 아랫목에 대하여
이제는, 정든 유곽에서 빠져나올 수 없는 한 발자국을
위하여 질퍽이는 눈길과 하품하는 굴뚝과 구정물에 흐
르는
종소리를 위하여 더럽혀진 처녀들과 비명에 간 사내
들의
썩어가는 팔과 꾸들꾸들한 눈동자를 위하여 이제는
누이들과 처제들의 꿈꾸는, 물 같은 목소리에 취하여
버려진 조개껍질의 보라색 무늬와 길바닥에 쓰러진
까치의 암녹색 꼬리에 취하여 노래하리라 정든 유곽
어느 잔칫집 어느 상갓집에도 찾아다니며 피어나고
떨어지는 것들의 낮은 신음 소리에 맞추어 녹은 것
구부러진 것 얼어붙은 것 갈라 터진 것 나가떨어진
것들
옆에서 한 번, 한 번만 보고 싶음과 만지고 싶음과 살
부비고 싶음에
관하여 한 번, 한 번만 부여안고 휘이 돌고 싶음에 관

하여

　이제는 다만 때 아닌, 때 늦은 사랑에 관하여

행복 없이 사는 훈련
─이성복의 시 세계

황동규
(시인)

1

이즈음 시를 읽거나 쓸 때, 시란 행복 없이 사는 일의
훈련이라는 생각을 자주 하게 된다. 그건 틀린 생각일
것이다. 시는 행복을 행복답게 노래하기도 해야 할 것
이다. 불행에서 쾌감을 맛보는 우리 문학의 자장磁場에
서 벗어나는 인간도 보여주어야 할 것이다. 그러나 돌
이켜 생각해볼 때, 인간이 인간이기 때문에 행복할 수
없는 어떤 상황이 존재한다면, 끝까지 추적하는 것이
성실이 아닌가 하는 생각도 든다.

문제는 주어진 자장 속에서 주어진 자성을 띠고 안주
하려는 정신과 대결하려는 자세에 있을 것이다. 그 자

세가 개성을 낳고, 개성이 진부함이 아닌 신선함을 만들어주기 때문만이 아니다. 그 자세를 존중하는 정신이 바로 예술의 시작이기 때문이다.

일단 자세가 세워지면, 아무리 작은 부분일망정 자장의 심층 구조를 인간다운 삶의 구조로 바꾸려는 몫에 대한 통찰이 있게 될 것이다. 그것이 예술에 인간다운 의미를 부여하는 길이 될 것이다. 그러나 그 모든 것의 시작인 자세를 만드는 일은 흔히 특이함과 거기에 따르는 당혹감으로 나타나기도 한다.

2

이성복의 시를 읽고 당황한 사람도 많으리라 생각된다. 지난 십여 년간 우리가 길들여져 있는 몇 가지 유형의 시 어느 것에도 맞지 않는 것이다. 표면적으로 그는 김수영과 비슷하면서도 김수영에게서 볼 수 있는 사변적인 요소를 극도로 줄이고 있다. 그보다는 자유로운 연상과 그 연상을 따르는 의식이 그의 시의 주조를 이룬다. 그 연상은 그러나 심리적으로 긴밀한 연결의 고리를 가지고 있는 연상이다. 그 어느 시를 택해도 그 면이 드러나겠지만 우선 「출애굽」의 중간 부분을 읽어보기로 하자.

내가 떠나기 전에 길은 제 길을 밟고

사라져버리고, 길은 마른오징어처럼

퍼져 있고 돌이켜 술을 마시면

먼저 취해 길바닥에 드러눕는 애인,

나는 퀭한 지하도에서 뜬눈을 새우다가

헛소리하며 찾아오는 동방박사들을

죽일까 봐 겁이 난다

—「출애급」 부분

  가는 길이 길답지 않은 상황이 주어지자 곧 마른오징
어로 비유된다. 오징어는 거의 당연하게 술을 연상시키
고 그 술은 애인을 취하게 해서 길바닥에 드러눕게 만
든다. 드러눕는 것은 낮은 자리이고, 낮음은 지하도를
불러들인다. 그리고는 지하도에서 밤을 샌 추억이 온
다. "퀭한"과 "뜬눈"의 어울림도 효과를 발휘한다. 밤을
샌다는 것은 기다리는 것이다. 동방박사들이 별로 저항
없이 받아들여지는 것은 그 때문이다. "헛소리"는 "죽
일까봐 겁이 난다" 같은 강한 부분을 완화시키는 준비
역할을 한다. 언뜻 보아서는 무질서하게 보이는 인간이
나 사물들이 적어도 심리적인 인과관계를 획득하고 있
는 것이다. 더욱 복잡해 보이는 「구화」의 첫머리를 읽어
보자.

124

앵도를 먹고 무서운 애를 낳았으면 좋겠어

걸어가는 시詩가 되었으면 물구나무 서는

오리가 되었으면 구토하는 발가락이 되었으면

발톱 있는 감자가 되었으면 상냥한 공장이

되었으면……

ーⅰ「구화」 부분

  앵도·무서운 애·시·오리·발가락·감자·공장 등의
연상이 적절한 수식어들을 이끌며 꼬리에 꼬리를 물고
이어진다. 그러나 이성복의 연상은 초현실주의를 표방
하는 한국의 몇몇 시인들이 즐겨 보여주는 엉뚱한 사물
들이, 예컨대 병원 수술대와 우산이, 같은 자리에 놓여
지는 그런 연상과는 다르다. 긴밀히 연결되어 있는 사물
과 사물 사이의 새로운 관계를 보여주는 연상인 것이다.
  "앵도"는 애기를 밴 여자들이 좋아하는 과일이다. 물
론 더 보편적인 과일로는 살구가 있겠지만, 인용 부분
의 몇 행 뒤 제2연 첫머리에 나오는 "나는 아침 이슬 이
씨李氏"의 "이슬"처럼 조그맣고 아름다운 형태 때문에
"앵도"가 택해졌을 것이다. "무서운 애"는 이 시 전체의
모티프가 되는 이미지이지만 남자임이 분명한 화자가
애를 낳는다면 당연히 "무서운"이라는 형용사를 기대
할 것이다. 낳은 애는 자라서 걸을 것이다. 따라서 "걸

어가는 시詩"는 긴밀히 연결된 연상이다. 다만 여기서 "시詩"와 "무서운 애"가 동격 관계에 있음이 주목받아야 할 것이다. 그리고 '걸어감'은 곧 '물구나무 섬'으로 연결된다. 그러면서 "시詩"는 우리가 흔히 오리발 내밀기라고 하는 "오리"와 동격을 이룬다. 오리발 같은 시는 구토를 불러일으킬 것이다. 구토는 발가락의 악취를 연상시키고 감자 같은 생生을 연상시킨다. 그 생에 발톱이라도 있었으면 하는 바람이 생기고, 보기 싫고 화낸 얼굴의 공장들이 상냥해졌으면 하는 바람으로 이어진다.

　일견 "앵도"가 불러일으킨 연쇄반응이라고 볼 수도 있을 것이다. 그러나 "앵도"의 이미지가 이 시에서 차지하고 있는 비중이 작기 때문에 차라리 "앵도" 앞부분에까지 계속되어오던 연상의 꼬리들을 "앵도"에서 자르고 앞부분을 제거한 채 시가 시작된 것이라고 보는 것이 더 타당하다. 이 시뿐 아니라 그의 다른 대부분의 시에 있어서도 마찬가지이다. 그렇기 때문에 첫 행부터 속도의 관성을 느끼게 된다. 처음부터 시동을 걸 필요없이, 막 달리고 있는 상태를 보여주고 있는 것이다. 그렇다. 그의 시의 특징 가운데 하나는 그 무엇보다도 속도감이다. 어느 시를 뽑아도 그것은 드러나지만,「그날」을 읽어보기로 하자.

　그날 아버지는 일곱 시 기차를 타고 금촌으로 떠났고

126

여동생은 아홉시에 학교로 갔다 그날 어머니의 낡은
다리는 퉁퉁 부어올랐고 나는 신문사로 가서 하루 종일
노닥거렸다 전방은 무사했고 세상은 완벽했다 없는
것이
없었다 그날 역전에는 대낮부터 창녀들이 서성거렸고
몇 년 후에 창녀가 될 애들은 집일을 도우거나 어린
동생을 돌보았다 그날 아버지는 미수금 회수 관계로
사장과 다투었고 여동생은 애인과 함께 음악회에 갔다
그날 퇴근길에 나는 부츠 신은 멋진 여자를 보았고
사람이 사람을 사랑하면 죽일 수도 있을 거라고 생각
했다
그날 태연한 나무들 위로 날아오르는 것은 다 새가
아니었다 나는 보았다 잔디밭 잡초 뽑는 여인들이 자기
삶까지 솎아내는 것을, 집 허무는 사내들이 자기 하늘
까지
무너뜨리는 것을 나는 보았다 새점 치는 노인과 변통
便桶의
다정함을 그날 몇 건의 교통사고로 몇 사람이
죽었고 그날 시내 술집과 여관은 여전히 붐볐지만
아무도 그날의 신음 소리를 듣지 못했다
모두 병들었는데 아무도 아프지 않았다

— 「그날」 전문

아버지·여동생·어머니의 상황, 그리고 "나"가 움직이며 관찰하는 세계가 이처럼 속도감 있게 그려진 시는 별로 없을 것이다. 이 시에서도 아버지의 '떠남'이 누이의 '감'을 부르고, 떠나고 감의 신체적 담당 기관인 "다리"(어머니의)가 꼬리에 꼬리를 문다. 세 사람의 다리 움직임 혹은 상태와는 달리 "나"는 신문사로 가서 "노닥거"린다. '노닥거림'은 '무사함'을 동반하고, '무사함'은 '완벽함'을 이끌어낸다. 완벽하다면 없는 것이 없을 것이고 그렇다면 창녀까지 있어야 할 것이다. 그런 방식으로 끝머리의 "신음 소리"와 '병듦', 병들었지만 '아픔을 느끼지 못하는' 아픔으로까지 달려간다.

그런 연쇄 연상이 혹시 상투적이 아닌가 검토해볼 필요가 있을 것이다. 그러나 「출애급」도 「구화」도 「그날」도 우리가 흔히 상투적이라고 부르는 것과는 거리가 먼 이미지와 표현들로 차 있다. 오히려 당돌하다는 느낌을 불러일으켜준다. 당돌한 이미지와 생각들의 자연스러운 연쇄반응, 그렇다면 이성복이 가지고 있는 시 정신의 핵심은 무엇인가?

3

한 예술가에게 꼬리표를 다는 것은 위험한 일이다.

그러나 이해의 편리함이 그 위험을 무릅쓸 때가 있다. 우리가 그동안 자칭 초현실주의자로 행세해온 딜레탕트 시인들과 자주 만난 경험이 없었다면, 아마 쉽게 이성복을 초현실주의자라고 부를 수 있었을 것이다. 초현실주의자들이 가장 관심을 가진 것이 연상작용이었기 때문이다. 그들은 잠재의식을 해방시킴으로써 인간 자체의 해방이 이룩되기를 바랐다. 그 해방은 논리의 기반이 되는 자아*ego*를 무력화시켜서 더욱 근원적이라고 할 수도 있는 잠재의식*id*을 풀어놓으려고 했던 것이다. 잠재의식은 비이성적이지만 원초적이고 당돌한 이미지를 낳는다. 우리의 딜레탕트 초현실주의자들은 그 당돌한 이미지들의 충돌, 즉 초현실주의에 뒤따르는 부수적인 기법만에 관심을 가지고 흉내 낸 셈이다. 자아의 파괴, 자아가 몸담고 있는 소시민 생활의 파괴, 거기에 이르는 인간적인 아픔, 그리고 환희, 그 본질적인 것에는 별로 눈을 돌린 흔적이 보이지 않는 것이다. 지난날 한국 초현실주의자들 대부분의 작품이 서툰 말장난으로 보이는 것은 그 때문이다.

소시민 생활의 파괴에는 소시민 생활을 지탱해주고 있는 우상들에 대한 파괴 행위가 동시에 일어날 수밖에 없다. 이성복의 시에서 특징적으로 아버지가 파괴되는 것은 우연이 아니다. 상징적인 우상파괴인 것이다. 그렇다고 해서 우상파괴가 곧 초현실주의는 될 수 없다. 비

이성주의非理性主義, 잠재의식의 해방과 함께 이루어져
야 하는 것이다. 오규원 같은 시인들의 작품에서도 우
상파괴가 일어나지만, 그들의 파괴 뒤에는 건전한 상식
과 이성이 있기 때문에 우리는 그들을 초현실주의자라
고 부르지 않는 것이다. 여하튼 꼬리표를 붙이는 데는
조심이 필요하다. 적어도 가치판단 기준으로 쓰지 않는
양식은 필요한 것이다.

비이성적인 우상파괴 행위는 이성복의 시 도처에서
일어난다.

> 엘리, 엘리 죽지 말고 내 목마른 나신裸身에 못 박혀요
> 얼마든지 죽을 수 있어요 몸은 하나지만
> 참한 죽음 하나 당신이 가꾸어 꽃을
> 보여주세요 엘리, 엘리 당신이 승천하면
> 나는 죽음으로 월경越境할 뿐 더럽힌 몸으로 죽어서도
> 시집가는 당신의 딸, 당신의 어머니
>
> ──「정든 유곽에서」 부분

> 초식 민족 사내들의 이동, 아이들은
> 공터에서 놀게 내버려두고, 여자들은
> 양장점과 미장원과 부엌에 가둬놓고
> 외몽고 군사들은 우리를 번호로 불러냈다
> 53번 닭의 내장 속으로, 54번 텍스

속으로, 55번 창槍끝으로 당장 떠나라
이 땅은 어제 재벌급 인사가 매점했다
네가 오른발 내린 곳은 영화배우의 땅
네가 오줌 갈긴 곳은 권투 선수 정부情婦의 동생의 땅
밤새 귀뚜라미가 울던 곳은 예술원 회원의 땅

—「이동」 부분

[……] 우체부가
가져가지 않는다 가져갈 때도 있다 한잔 먹다가
꺼내서 낭독한다 그리운 당신…… 빌어먹을,
오늘 나는 결정적으로 편지를 쓴다

—「편지」 부분

이런 것들을 찾자면 그야말로 이 시집 전체가 될 것이다. 그의 시 속에서 연애·가족·조국·어른스런 생활, 그 모든 것이 희화되고 파괴되고 용해된다.

그러나 그 파괴는 난폭하게, 혹은 적나라하게, 이루어지지는 않는다. 자연스런 연쇄 연상 때문이기도 하고 속도감 때문이기도 하리라. 그러나 그 무엇보다도 이성복이 자신의 시의 화면을 일종의 흑백영화로 만들어 현실과의 예술적 거리를 만들었기 때문이다. 연상과 더불어 환상으로 차 있는 그의 시는 생각과는 달리 환상적인 색채를 보여주지 않는다. 그의 시 대부분의 색채는 흑백영화의 색채 그것이다. 나뭇잎을 그릴 때도 여자를 그릴 때도 아버지를 그릴 때도 마찬가지이다. 색채는 흰색과 검은색만 두드러져 나타난다.

> [……] 아래 흰 병원 건물을 잘라내며
>
> 가로놓인 기차. (어떤 칸은 수북이 석탄이 실리고
> 어떤 칸은 그냥 물 먹은 검은 입)
>
> ―「세월의 집 앞에서」부분

흰색과 검은색의 선명한 대비이다. 이런 대비를 제외하고는 색채가 극도로 제한되어 있다. 때로

> 무꽃이 노랗게
> 텃밭에 자라나고
>
> ―「벽제」부분

같은 색깔이 나타나기도 하지만, 사실 무꽃은 노랗지가 않고 보랏빛이나 흰빛에 가깝기 때문에 별 의미를 지니지 않는다. 변종 무꽃의 빛깔이라고 화자는 주장할지도 모르지만, 「벽제」라는 시의 맥락 속에서 그 주장이 변호될 수 있을 것 같지는 않다. 무꽃 앞뒤에 나오는 공장·자전거포·비닐봉지 들은 흑백을 특징적으로 보여

준다.

때로는 흰색도 흑백영화의 명암을 띠기까지 한다.

> 그 겨울 눈은 허벅지까지 쌓였다
> 창을 열면 아, 하고 복면한 산들이 솟아올랐다
>
> ―「눈」 부분

그의 흑백영화 명암은 앙드레 브르통을 위시한 프랑스 초현실주의자들의 환상적인 색채에서 그를 격리시킨다. 그 사실은 특이한 초현실주의자를 보여주기도 하고 좁혀진 초현실주의자를 보여주기도 한다. 그리고 그 특이함과 좁혀짐 뒤에 있는 한 상처를 엿보게 해준다.

4

「1959년」부터 「이제는 다만 때 아닌, 때 늦은 사랑에 관하여」에 이르기까지 그의 작품 전체는 딱히 집어낼 수는 없는 어떤 상처의 투영을 받고 있다.

> 그해 겨울이 지나고 여름이 시작되어도
> 봄은 오지 않았다 복숭아나무는
> 채 꽃 피기 전에 아주 작은 열매를 맺고

불임不姙의 살구나무는 시들어갔다

—「1959년」부분

보이지 않는 칼에 네 종아리가 잘려나가고

—「봄밤」부분

돌이켜보면 피가 되는 말

상처와 낙인을 찾아 고이는 말

—「너는 네가 무엇을 흔드는지 모르고」부분

이제는 송곳보다 송곳에 찔린 허벅지에 대하여

말라붙은 눈꺼풀과 문드러진 입술에 대하여

—「이제는 다만 때 아닌, 때 늦은 사랑에 관하여」부분

한이 없을 것이다. 거의 모든 시에서 상처의 아픔 혹
은 모습을 볼 수 있는 것이다. 그 상처는 서구의 원죄
같은 육체의 승리의 기록이 아니다. 그의 뇌리에 박힌
우리 삶의 한 구조라고 볼 수 있다. 그것은 「물의 나라
에서」처럼 관능적인 시의 끝머리가 울음, 그것도 "일그
러진 입"으로 끝나는 데서 확인된다.

그대가 물의 발이라면 나는 물의 발가락

그대가 물의 종鍾이라면 물의 분자와 분자 사이를

헤집고 밀치며 살 부비는 나는 물의 종소리
그대가 물의 입이라면 벌어진 물의 입이라면
나는 하늘에 땅을 잇는 물의 울음 오, 그대가 물의 일그
러진 입이라면

—「물의 나라에서」 부분

그렇다고 사회학적인 접근으로 쉽게 이해되고 치유
될 수 있는 상처가 아니다. 풀밭에서 잠이 들어도 "내
몸이 물새알처럼 부서지고 날개 없는/꿈이 기어"(「돌아
오지 않는 강」) 나오는 그런 상처인 것이다. 이 시집에서
가장 행복을 노래하는 드문 시 가운데 하나라고 할 수
있는 「라라를 위하여」도 마지막 구절은

행복한 부리로 아스팔트를 쪼며 행복한 발바닥으로 제
똥을 뭉개는 그대는

으로 되어 있다. 어떻게 보면 그 상처는 이성복이 이 땅
이 자리에 있는 삶의 한 조건으로 갖고 있는 것인지도
모른다. 그 조건은 너무도 심리적인 것과 관련을 갖고
있기 때문에 이성적인 명제로 표현하기는 힘들 것이다.
여하튼 그 조건을 드러내 보임으로써 일종의 자유, 혹
은 해방감을 맛보고 또 주고 있는 것은 사실이다.
사랑도 행복도 바람도 모두 미리 망가져버린 상태, 그

것은 우리를 다시 이 글의 첫머리로 돌아가게 해준다. 행복 없이 사는 일의 훈련으로, 행복이 없는 노래의 삶으로, 어쩌면 틀린 생각으로. 이 시집은 주어진 자장磁場, 혹은 주어진 삶의 조건에서 벗어나려는 인간을 별로 보여주지 않는다. 이미 벗어난 상태를 보여주고 심리적인 자유가 돋보일 뿐이다. 아마 그의 억압된 젊음이 그것을 설명해줄지 모르겠다. 혹은 산업화되는 지저분한 때의 도시 생활이. 혹은 이 시대의 시대정신이. 그러나 그 어떤 설명도, 인간이기 때문에 불행한 한 인간, 그러므로 그 상황에서 벗어나려는 몸부림을, 계속 새로 창조해 나가지 않는다면 공간의 좁힘으로, 색채의 좁힘으로, 한 특이함으로 끝날지도 모른다. 그러나 끝가는 데까지의 좁힘도 한번 해볼 만은 하리라. 일단 이성복의 목소리와 만났으니 하늘로 올라가건 땅속으로 들어가건 그가 가는 대로 지켜볼 수밖에 별 도리가 없을지도 모른다. ▨